Tiefer

Sylvia Schwarz

Tiefer

Bibliografische Information der Deutschen
Nationalbibliothek: Die Deutsche Nationalbibliothek
verzeichnet diese Publikation in der Deutschen
Nationalbibliografie; detaillierte bibliografische Daten sind
im Internet unter dnb.dnb.de abrufbar.
© 2022 Sylvia Schwarz
Cover-Design: Jasmin Schwarz
Herstellung und Verlag:
BoD – Books on Demand, Norderstedt
ISBN: 978-3-7534-2151-3

Kapitel 1

Wie im Traum fühlte sie sich. Sie sah die Kinder und Mütter im Gänsemarsch zur Lagune gehen wie zu einer Hinrichtung. Eine bewaffnete Wächterin führte den Marsch an, eine andere Frau mit Gewehr tappte mürrisch hinterdrein. Sie hatte schlechte Laune und stupste das vor ihr tapsende Kind immer wieder mit dem Gewehrknauf in den Rücken.

Es gefiel Palu nicht. Die Kinder waren klein, unerfahren und voller Angst. Ben, der Junge, der das Gewehr immer wieder in den Rücken bekam, konnte gerade mal laufen. Er war unsicher auf den Beinchen, wankte und stolperte. Er und die anderen Kinder klammerten sich mit winzigen Fingern an die Beine oder Arme ihrer Mütter, weinten, jammerten, schluchzten. Es war ein abscheuliches Bild, es tat in der Seele weh.

Nicht das Meer an sich schmerzte. Das Volk der Motu lebte im Meer und vom Meer und mit dem Meer. Es war wie eine gute Freundin, wie eine wohlwollende Mutter, die stets zugegen war. Wenn der Moment gekommen war und die Motu ihre Kinder ins Wasser brachten, konnten die Kleinen sicher laufen, denn es hatte keinen Zweck, den Wangsok, den Test, vorher abzuhalten. Immer waren liebende Menschen zugegen, die Mutter, Großmutter, Tanten, Nichten, Cousinen. Das ganze Dorf war dabei, wenn es zum Wangsok kam. Eben mit Kindern, die älter waren und sicher laufen konnten. Auf beiden Beinen laufen zu können, das war die wichtige Stufe, bevor es an den Test ging. Nicht dieses tapsige Vorankommen, bei dem die Füße oft nach innen gedreht waren, sondern ein stabiler aufrechter Gang, wo einen auch ein ungewohntes Hindernis nicht gleich zu Fall brachte. Nicht umsonst benutzten die Motu das Wort Wangsok sowohl für den Test, der abgehalten wurde, als auch für die Atmung, die stattfand.

Die Gruppe war auf der Plattform angekommen. Palu erreichte gerade einmal die Stelle am Strand, wo dieser verrückte Steg die kleine Insel mit der Yacht verband.

Katthas Yacht. Etwa fünfzig Meter lang ruhte sie zwischen Wellen, die es nicht wert waren so genannt zu werden. Wenige Zentimeter hohe Kämme, keine Schaumkronen. Die Farben des Meeres schwankten zwischen hellem Azur und Cyan. Die Sonne funkelte auf dem Wasser, eine leichte Brise brachte die Palmblätter auf der Insel zum sachten Rascheln. In der Luft lag ein Hauch von Salz.

Den Steg mochte Palu nicht. Er wirkte vollkommen fehl am Platz und gehörte nicht in dieses tropische Paradies, das Motu für sie war. Heimat und Lebensraum, der Ort, an dem sie geboren war und an dem sie hoffentlich in ferner Zukunft ihre letzte Wangsok, ihren letzten Atemzug, machen würde.

Er war etwa hundert Meter lang, dieser Steg. Schwimmende Plastikplatten, die die Leute der Yacht Pontons oder Kacheln nannten. Sie waren über Schnappverschlüsse miteinander verbunden und hatten durch die Gelenke genügend Spielraum, um den Bewegungen des Meeres zu folgen. Auf und ab wippten die Platten aus grellem Orange.

Direkt neben der Yacht war eine quadratische Plattform aus ebensolchen Kacheln an den Steg angebracht, wo sich das Drama abspielte. Während Palus Gedanken damit beschäftigt waren, die Frauen und Kinder gedanklich zu sortieren, standen sie alle dort auf der Plattform und schienen zu warten.

Im Schatten eines Sonnenschirmes und bewacht von ihren Gehilfinnen saß Kattha an einem kleinen Tisch und blickte auf den Monitor vor sich.

Kattha. Wenn dieser Name durch ihr Gehirn schoss, wollte sie sich ab liebsten sofort übergeben oder zu einer Waffe greifen und dieser Frau den Schädel spalten. Doktor Danielle Kattha, die Heimsuchung, die die kleine Insel Motu erreicht hatte. Sie brachte Palus Glauben, es gebe keine Dämonen, ordentlich ins Wanken.

Es war unerträglich mit anzusehen, wie eine der Gehilfinnen plötzlich eines der Kinder packte und es ins Wasser warf. Der kleine Körper patsche in die Wellen und sofort versank das Kind. Erst Sekunden später erreichte der gellende Schrei von Mutter und Kind Palu, da folgte das zweite Kind dem ersten nach.

Sie überwand ihre Scheu vor dem Steg. Sie spielte kurz mit dem Gedanken, schwimmend zur Plattform zu gelangen, aber ehe sie Gründe dafür und dagegen beisammenhatte, waren ihre Füße die ersten Meter über den schwimmenden Steg gelaufen. Sie beschleunigte, so gut es auf dem feuchten Untergrund möglich war. Manchmal kamen ihre Fußsohlen trotz der angerauten Oberfläche ins Rutschen, doch sie ruderte mit den Armen und behielt die Balance. Binnen Sekunden erreichte Palu die Plattform.

„Hey!", schrie sie Kattha und ihre Schergen an. „Hören Sie auf! Hören Sie auf damit unsere Kinder ins Wasser zu werfen!

Sie sind viel zu klein, um schwimmen zu können!"

Drei Mütter und drei Kleinkinder befanden sich auf der Plattform, die nur etwa zehn auf zehn Meter groß war. An den Rändern schwappten die Wellen darauf, die Mitte lag in sengender Sonne. Der Schatten war ausschließlich für Kattha bestimmt.

Ehe sie eine Antwort bekam, packte Cathay, Katthas rechte Hand, das nächste Kind am Arm und schubste es ins Wasser. Als sich der kleine Ben am Rand der Plattform festkrallen konnte, stieg sie ihm auf die Finger, damit er losließ. Die beiden anderen Kinder folgten und während Kattha ihre Waffe auf Palus Gesicht richtete, versank der Nachwuchs im Meer. Die Mütter weinten bitterlich, obwohl eines der Kinder gar nicht zu ihnen gehörte.

„Rühren Sie sich nicht", flüsterte Kattha. „Eine Bewegung, auch nur ein Wimpernschlag und ich erschieße Sie auf der Stelle."

Sie machte sich nicht einmal die Mühe aufzustehen. Palu fühlte sich wie in einer schlichten Verkaufsverhandlung, die Kattha nicht wichtig genug war, um länger nachzudenken. Cathay drehte den Laptop zu sich herum. „Das Tauchboot hat die Kinder im Visier. Daten werden aufgezeichnet. Ich spiegle sie sofort auf den Server, damit nichts verlorengehen kann."

Palu hob die Hände leicht. Sie war unbewaffnet, das konnte jeder sehen. Sie trug schwarze Shorts und ein weißes T-Shirt, mehr nicht. Keine Kopfbedeckung, keine Schuhe. Vor allem trug sie keine Waffe bei sich. Ihr T-Shirt war blutverschmiert an der Vorderseite, woran Kattha mitschuldig war.

„Es soll niemand mehr sterben müssen." Palu verhielt sich so ruhig und leise wie möglich. „Niemand mehr."

„Meine Rede", lächelte Kattha. Sie lächelte ständig, selbst wenn es überhaupt nichts gab, das ihr einen Anlass dazu gegeben hätte. Es war wie eine antrainierte Mimik, die sie aufsetzte, sobald ihr jemand gegenüberstand. Ihre schneeweißen Zähne blitzten hinter den knallrot geschminkten Lippen. „Es wäre mir auch lieber, wenn ich niemanden mehr erschießen müsste, schließlich liefern tote Menschen keine Ergebnisse und Ergebnisse sind das, was ich dringend brauche. Diese freundlichen..." Sie machte eine überaus unhöflich lange Pause. „...Damen, diese freundlichen Damen haben sich bereit erklärt mir zu helfen."

Palu blickte an Kattha vorbei zu den Müttern, die mit tränenüberlaufenen Gesichtern auf das Wasser starrten. Sisou zuckte mit den Füßen. Ihre Zehen krallten sich in den Untergrund und suchten nach dem Halt, den sie brauchte, um bei der erstbesten Gelegenheit loszulaufen und ihr Kind zu retten. Die kleine Selma war viel zu jung, um allein im Wasser zu sein. Gerade einmal acht Monate alt war sie. Sie fing an zu krabbeln und zu robben, das Laufen war weit entfernt.

Bunte Shorts, ein Wickelrock, T-Shirts. Die Haare zu Zöpfen geflochten. Kein Schmuck, keine besondere Mühe, kein Make-up. An den Frauen war nichts, das die Bezeichnung *Dame* rechtfertigte.

„Das gefällt mir nicht", gab Cathay zu bedenken. „Das sieht nicht gut aus, überhaupt nicht gut." Mit ihren knochigen Fingern tackerte sie auf der Tastatur des Laptops herum. Ihre Figur hatte eine tadellose Birnenform. Untenrum groß und ausladend, nach oben hin wurde sie schmaler. Ihr Hintern war gewaltig und ihre Oberschenkel stark, dafür hatte sie kaum Brüste und nur dünne Spinnenarme. „Oje."

Kattha hielt den Blickkontakt zu Palu einige Sekunden länger.

„Was genau?"

„Die Kinder sehen nicht gut aus", erklärte Cathay. Sie ging mit der Nasenspitze nahe an den Bildschirm heran. „Ich glaube, die sind tot. Also, der Bub mit den braunen Haaren ist bestimmt tot."

„Der Junge mit den braunen Haaren", sagte Kattha, „ist wahrscheinlich kein echter Motu. Die haben gewöhnlich schwarzes Haar, das helle Braun in seinen Haaren muss aus einem anderen Genpool stammen." Kattha sicherte ihren Revolver und legte die Waffe neben den Laptop auf den Tisch. „Lassen Sie mal sehen." Sie drehte den Monitor zu sich und beugte den Nacken, um im grellen Licht etwas auf dem Bildschirm erkennen zu können.

„Sehen Sie das?", fragte Cathay. „Das Kind mit dem knallgelben T-Shirt hängt ziemlich schepps rum."

„Es hängt nicht schepps rum", korrigierte Kattha. „Es sinkt in unkontrollierter kreiselnder Bewegung nach unten."

„Es hat die Augen verdreht", stellte Cathay fest. „Das sieht tot aus. Die Arme baumeln haltlos nach oben und werden durch die Strömung und die Abwärtsdrift bewegt."

„Machen Sie einen Vermerk", ordnete Kattha an. „Kind, etwa acht Monate, nach wenigen Minuten im Wasser kein Anzeichen von Leben."

Die beiden Forscherinnen waren abgelenkt durch den Bildschirm. Ihre anderen vier Leute, die auf der Plattform ausharrten, interessierten sich ebenfalls sehr für das

Geschehen auf dem Monitor. Schließlich nutzte Sisou die Gelegenheit. Sie hechtete zwei große Schritte nach vorn und stürzte sich kopfüber ins Wasser. Beta und Claudine sprangen hinterher.

„Hey!", ließ eine Aufpasserin verlauten und schoss mit ihrem halbautomatischen Gewehr mehrmals in die Wellen, wohl um sie auf gut Glück zu erwischen.

„Doktor!", stieß die Aufpasserin aus, „sie sind ins Wasser gesprungen. Alle drei. Diese Frau mit dem hellgrauen Wickelrock und die anderen sind den Kindern hinterher." Sie beugte sich über den Rand der Plattform und suchte mit hektischen Kopfbewegungen nach einer Spur. „Sollen wir versuchen sie zu erwischen?"

„Ich habe eine erwischt!", stieß eine Aufpasserin aus. „Da ist Blut im Wasser. Mindestens eine habe ich erwischt."

„Das Meer ist zu groß, um auf gut Glück reinzuballern", winkte Kattha ab und griff stattdessen zum Funkgerät. „Plattform an Tauchboot, können Sie hören?"

Es knackte und rauschte. „Tauchboot hier, ja, ich kann Sie hören." Es war Kimis Stimme. Sie war die Technikerin und Expertin, die sich mit diesem teuren Tauchboot auskannte. Sie wusste jede Schraube zu benennen und hörte am Surren des Elektromotors, ob dem Boot etwas fehlte. „Was ist los?"

„Tauchboot, die Frauen sind gerade ins Meer gesprungen und folgen den Kindern nach. Versuchen Sie, die Frauen in den Fokus der Kamera zu bekommen." Kattha behielt das Funkgerät in der Hand und lauschte.

„Verstanden", antwortete Kimi. „Durch die heftige Strömung sind die Kinder weit auseinander und in unterschiedliche

Richtungen getrieben worden. Es ist nicht möglich, alle Personen gleichzeitig ins Bild zu bekommen."

„Versuchen Sie es", verlangte Kattha. „Der Schwerpunkt liegt auf den Müttern. Sie sind es, die mich interessieren." Sie hob den Kopf zu den bewaffneten Frauen. „Sollten Sie nicht aufpassen, damit genau so etwas nicht passiert? Meine Forschung folgt gewissen Regeln. Es nützt nichts, wenn Sie Ihre Augen nicht offenhalten. Beim nächsten Fehler können Sie nach Pohnpei zurückschwimmen, mit dem Gewehr im Arsch." Sie seufzte. „Die Frau mit dem grauen Wickelrock schien mir am besorgtesten. Welches Kind gehört zu ihr?"

Diese Frage konnte nur Palu beantworten und sie tat es widerstrebend: „Selma trägt das weiße Kleidchen."

Diese Information gab Kattha an das Tauchboot weiter, ehe sie das Funkgerät weglegte und weiterhin auf den Monitor guckte. „Mal sehen, ob Kimi sie erwischt. Wie tief sind die Kinder mittlerweile?"

„Fast dreihundert Meter." Cathay kam um den kleinen Tisch herum, um ebenfalls auf den Monitor sehen zu können. Sie legte ein Tablet daneben, auf dem sie immer wieder herumwischte. „Dreihundert und zwölf. Eines ist erst achtzig Meter tief. Es gibt große Diskrepanzen."

„Das werden die Strömungen sein, die Kimi erwähnt hat." Kattha stützte den Kopf auf die angewinkelte Hand. „Im Internet konnte ich nichts von heftigen Strömungen lesen. Wir sollten Strömungsmessungen vornehmen." Sie nickte einer anderen Frau zu, die sofort auf die Yacht kletterte, um sich um den Befehl zu kümmern.

„Warum gibt es heftige Strömungen dort unten?", murmelte

Kattha. „Das Meer ist vollkommen ruhig und richtig schlechtes Wetter war auch nicht. Das, was ihr Stürme nennt, sind für mich magere Winde. Die lösen keine Strömungen dieser Stärke aus." Sie rief einige Informationen auf ihrem Laptop auf. „Haben wir Daten dazu in unserer Datenbank? Sind das womöglich die Ausläufer des Ostaustralischen Stroms?"

„Doktor Kattha." Palu trat einen Schritt näher. „Die Kinder sind zu klein, um im Wasser zu überleben. Viel zu klein."

„Papperlapapp", schnappte Kattha zurück. „Das sind Ausflüchte, alles Ausflüchte. Du willst mich von meiner Arbeit und meinem Triumph abhalten. Das hättest du wohl gerne."

Palu blieb stehen. Immerhin bekam sie etwas von dem Schatten ab, den der Schirm warf. Obwohl es erst zehn Uhr am Vormittag war, brannte die Sonne viel zu heiß, um länger als wenige Minuten ohne Schutz darin zu stehen. „Es sind Kleinkinder, Doktor Kattha, hilflose Kleinkinder, die Ihnen keinen Erkenntnisgewinn bringen werden."

„Mist", nörgelte nun Cathay. „Die Kinder treiben immer weiter auseinander und Kimi gelingt es nicht, auch nur eine der Mütter ins Bild zu bringen. Sobald eine Bewegung wahrgenommen wird, ist sie auch schon vorbei. Kein Fuß, keine Hand, kein Gesicht im Bild. Sie kann nicht einmal mit Sicherheit sagen, ob es sich wirklich um eine der Mütter handelt, oder ob es vielleicht ein Sportfisch ist, der sich einen Spaß mit der Deep Down Low erlaubt."

„Sie soll das Kind fokussieren, die Mutter wird kommen", ordnete Kattha an. „Sie müssen viel über die Menschen lernen, Cathay, Sie haben ja von simpelster Psychologie überhaupt keinen Schimmer. Eine Mutter hält sich immer an ihr Kind. Behalten Sie das Kind im Auge, wird die Mutter zwangsläufig auftauchen." Sie schmunzelte. „Was für ein eleganter Wortwitz."

„Das Licht flackert. Hoffentlich fällt es nicht aus. Ohne den Scheinwerfer kann die Kamera nicht aufzeichnen." Cathay nahm das Funkgerät zur Hand. „Kimi, was ist mit dem Licht? Unser Bild ist stellenweise schwarz wie die Nacht."

Nach einigem Rauschen war die Antwort undeutlich zu hören: „Probleme mit der Technik." Es knackte und knisterte. „Irgendwas stimmt nicht."

„Welche Probleme genau?", wollte Cathay wissen und Kattha drehte sich zu ihr: „Sie soll prüfen, ob Sabotage vorliegt."

„Sabotage?" Cathay schürzte die Lippen und zog die Nase kraus. „Wie kommen Sie auf Sabotage?"

Kattha rollte die Augen, ohne ihr immerzu breites Lächeln zu verlieren. „Mütter, die nicht im Bild erscheinen und offenbar nicht gefilmt werden möchten. Ein allem Anschein nach totes Kind. Ein brandneues Tauchboot mit technischen Problemen, das von einer der besten Tauchbootpilotinnen weltweit gelenkt wird. Cathay, zählen Sie zwei und zwei zusammen." Sie schaute auf ihre Finger, wo sie die Argumente mitgezählt hatte. „In diesem Fall sollten Sie eher drei und drei zusammenzählen."

Palu konnte es verstehen. Es war eine Sache, das eigene Kind an den Ozean zu verlieren, wenn der Wangsok gemacht werden musste. Es war eine völlig andere Sache, wenn eine außenstehende verrückte Wissenschaftlerin diese Situation absichtlich und viel zu früh heraufbeschwor.

Mit einem kaum hörbaren Schwappen tauchte Betas toter Körper auf. Sie trieb mit dem Gesicht nach unten im Wasser. An ihrer Körperseite klaffte nicht nur im Stoff der Bluse ein gewaltiges Loch, es erstreckte sich auch auf ihren Körper. Die Schüsse, die auf gut Glück ins Meer abgegeben worden waren, hatten ihr Ziel erreicht. Mittlerweile war die Blutspur verschwunden und die Fische kamen, um an der Toten zu knabbern.

Beta hinterließ zwei Söhne, von denen einer, den Katthas Gehilfin ins Wasser geworfen hatte, bestimmt tot war. Söhne hatten seit jeher keine guten Chancen, den Wangsok zu bestehen. Bei Mädchen lag die Chance auf Erfolg bei etwa dreiundneunzig Prozent, die Jungs gingen zu neunzig Prozent unter und kamen nicht mehr hoch. Deshalb weinten die Mütter von Söhnen so sehr, wenn sie ihre Söhne nach der Geburt in die Arme schlossen.

Ihre eigene Mutter, erinnerte sich Palu, hatte sieben Kinder zur Welt gebracht. Zwei Mädchen und fünf Jungs. Palu war zuerst geboren und erinnerte sich an die Jungs, die danach kamen. An den ersten Bruder hatte sie kaum noch Erinnerung, da war sie selbst zu klein. Sie sah ihn am Strand mit den Muscheln spielen und herzhaft über etwas lachen, das sie angestellt hatte. Vielleicht hatte sie ihm Sand über den Kopf gekippt oder sein Einsiedlerkrebs war mit seiner Muschel verschwunden. Sie wusste den Grund für sein Lachen nicht mehr, aber diese Szene war die einzige, die sie an ihren ersten Bruder erinnerte. Der zweite Bruder war bereits geboren, als die Mutter mit dem ersten Bruder ins

Wasser ging und eine Stunde später allein wieder auftauchte. Das Dorf bedauerte sie, schloss sie tröstend in die Arme und wischte ihr die Tränen weg, die über die Wangen liefen. Sie hob den zweiten Bruder an die Brust und warf einen beschwörenden Blick zum Himmel, dessen Botschaft allen klar war: „Wer auch immer über uns wacht, lass dieses Kind nicht auch im Meer bleiben."

Als der zweite Bruder gut laufen konnte und getestet wurde, tauchte die Mutter wieder allein auf. Elias. Palu erinnerte sich an den Namen ihres zweiten Bruders, ohne Bilder von ihm im Kopf zu haben. Sie konnte nicht sagen, wie sein Gesicht ausgesehen hatte. Elias. Sie wusste, wie die Stimme der Mutter sich anhörte, wenn sie nach Elias rief. Er trieb sich viel auf der Insel herum und musste immerzu gerufen werden.

Brian war der dritte Bruder. Rund um die Zeit seiner Geburt lernte sie Lesen und Schreiben, sie konnte es perfekt, als der vierte Bruder zur Welt kam und die Mutter sich nach der Geburt grämte, weil es wieder ein Junge war. „Ein Bub", seufzte sie. „Es kommen nur Buben zur Welt. Ach, ich habe keine Kraft mehr, sie alle im Meer ertrinken zu sehen." Dieser Bruder wurde von allen nur *Bub* gerufen. „Ich gebe ihm einen richtigen Namen", beschloss die Mutter, „wenn er den Wangsok überstanden hat."

Von ihren fünf Söhnen überlebte keiner den Test und auch die Schwester, die das letzte Kind ihrer Mutter war, kam nicht aus dem Meer zurück. Sie hieß Scarlet und war ein bildhübsches Mädchen mit blauen Augen und schwarzem Haar. Sie lachte fröhlich, war stets heiter und sie weinte nie. Sie begann früh zu laufen und die Mutter war zuversichtlich, was den

Wangsok betraf. „Nur eines von zehn Mädchen bleibt im Meer. Unsere Scarlet wird wiederkommen." Sie kam nicht wieder. Die Mutter tauchte nach einer Stunde allein aus dem Meer auf. Sie weinte bitterlich und obwohl sie mitten im Leben stand, wollte sie keine weiteren Kinder bekommen. Einmal nahm sie Palu in den Arm und drückte sie fest. „Es soll so sein. Du bist mein einziges Kind, meine einzige Tochter, meine Zukunft."

Sie lebten gemeinsam in der Hütte, genossen die Tage und erst nach dem Tod der Mutter verließ Palu die Insel für eine ganze Weile. Herzversagen. Das tiefe Hinabtauchen und das Atmen unter Wasser kosteten mehr Kraft als gut war für ein Herz. Viele Motu-Frauen starben viel zu jung an Herzversagen. Sie tauchten ab, um in der Tiefe die Schätze der Natur zu finden, und bezahlten dafür. Wenn man die Leichen untersuchte, war ein vergrößertes Herz immer zu finden. Erst wuchs es unter der Belastung, schließlich stellte es seine Arbeit ein, je mehr getaucht wurde, desto früher. Jeder Tauchgang schien eine bestimmte Anzahl Lebensjahre zu kosten.

An ihren eigenen Wangsok erinnerte Palu sich überdeutlich. Nicht an Angst oder Schrecken oder eine Gefahr, sondern an das grenzenlose Gefühl der Erleichterung, als die Luft aus ihrer Lunge wich und dem Wasser Platz machte. Plötzlich kostete es keine Mühe mehr unter Wasser zu bleiben. Es war kinderleicht. Ein Schweben, ein Tanzen, ein traumartiges Verweilen. Sie spürte, wie mit jedem Atemzug ihre Brust abkühlte und ihr Körper sich langsam an die kühlere Umgebung anpasste. Es machte ihr keine Angst. Sie fasste die

Hand ihrer Mutter, lachte glucksend unter Wasser und ließ sich von ihr über die Riffkante nach unten ins Dunkle ziehen. Ein Hai patrouillierte vor dem Abhang und warf ihnen einen kurzen Blick zu. Die Anemonenfische wirkten in der Tiefe nicht orange und weiß, sondern dunkelblau und hellgrau. Sie zwinkerten Palu zu und schienen zu lachen. Delfine schauten vorbei. Es waren die Delfine, die Palu am besten in Erinnerung waren. An jenem Tag ließen sie sich anfassen und Palu würde niemals im Leben vergessen, wie unglaublich samtig weich die Haut der Delfine sich anfühlte.

Keinen Moment lang spürte sie Angst oder Misstrauen. Das Wasser umschloss sie, es trug sie, es hielt sie fest. Das Meer war wie eine zweite Mutter, die sich um sie kümmerte. Es gab keinen Grund für Panik oder Argwohn, es gab nur schwereloses Sein und grenzenloses Glück. Diese Erinnerung gehörte zu den kostbarsten, die Palu in ihrem Herzen trug.

„So ein Mist", schimpfte Kattha und riss Palu damit aus ihrer verträumten Erinnerung. „Das geht hier alles schief. Niemand tut, was er soll, alles sträubt sich gegen meine Vorgaben." Sie knirschte mit den Zähnen und grummelte vor sich hin. „Wenn diese Frauen auftauchen, muss ich ein ernstes Wörtchen mit ihnen sprechen. So geht es nicht. So kann ich nicht arbeiten. Auf diese Weise wird das nix mit meinen Forschungen."

Kapitel 2

Wie eine Rückblende kehrte das Gesicht ihrer Mutter zurück in ihr Gedächtnis. Palu erinnerte sich an den erleichterten Ausdruck in den Augen der Mutter, an das zarte Lächeln um ihre Lippen, an den festen Druck der Umarmung, als Palu die Augen staunend aufriss und die Meereswelt wie ein Geschenk in sich aufnahm. Wangsok, die Atmung, funktionierte. Die Mutter wirkte leicht und unbeschwert, verspielt, gelassen und neugierig. Das lange schwarze Haar tanzte um ihren Kopf, es wölkte sich wie Seide. In diesem Moment glaubte Palu zu wissen, woher die Legenden von den Meerjungfrauen kamen.

So viele Wangsoks hatte Palu in ihrem Leben gesehen. Sie hatte Motu verlassen, um es nicht mehr sehen zu müssen, und war zurückgekommen, weil Motu trotz der Wangsoks ihre Heimat, ihr Zuhause, ihr Leben war.

„Du hast keine Kinder", stellte Ahanai, die Dorfchefin, einmal fest. „Warum hast du keine Kinder?"

Palu schob es auf die lange Zeit im Ausland. „Ich habe in den USA studiert und war Ärztin in Deutschland, Sri Lanka und China. Zurück in Motu war meine Zeit für Kinder abgelaufen."

Ahanai schien diesen Einwand wegwischen zu wollen. „Du bist grad vierzig Jahre und lange nicht zu alt für Kinder. Nimm dir einen Mann und bekomme Kinder. Es wäre schade, wenn deine schönen Augen nicht in die nächste Generation gelangen würden. Es ist heutzutage nicht unüblich, erst nach dem vierzigsten Geburtstag an Kinder zu denken. Das geht.

Notfalls hilft man mit ein bisschen Medizin nach. Ich habe von einer Frau gelesen, die hatte Wechseljahre, als sie schwanger wurde."

So viele Kinder hatte sie sterben sehen mit vollgelaufenen Lungen. Die toten Augen, die aus den kleinen Köpfen quollen, gingen ihr nicht aus dem Sinn. Sie träumte von den winzigen Händchen, die sich an ein Leben klammerten, das es nicht für alle Motu gab. Die Jungs starben so oft und zu ertrinken war kein schöner Tod. Immer wieder glaubte Palu in den Gesichtern die Qual zu erkennen, die das Ertrinken mit sich brachte.

Die Kleinen mussten stabil laufen können, sonst war das Unterfangen sinnlos. Erst, wenn beim Gehen das Tapsige fehlte, war die Lunge gereift genug, um es mit dem Wangsok aufzunehmen. Es war egal, ob die See rau war oder nicht. Das Wetter spielte keine Rolle und trotzdem wählte man eher einen schönen sonnigen Tag, am besten, wenn Delfine in der Nähe waren. Delfine zogen die Menschen immer an, auch die Motu erlagen ihrem Zauber zu gerne und die Kinder erst recht.

Gemeinsam schwammen Mutter und Kind übers Riff hinweg. Die Barsche und Korallen, die Anemonen und ihre Bewohner, die Muscheln, Seesterne, Seeigel, das ganze Spektrum an Leben zeigte sich von seiner schönsten Seite. Vorn an der Riffkante, die zwischen fünfzig und hundert Meter vom Strand entfernt war, zogen Haie gelassen ihre Bahnen. Sie wurden erst zur Dämmerung und nachts munter, um nach Beute zu suchen. Tagsüber waren es träge Gesellen, die sich nicht um schwimmende oder tauchende Menschen scherten.

Hinter der Riffkante fiel das Meer tiefer ab, zweitausend Meter an manchen Stellen. Palu mochte die Riffkante, wo es im Vergleich zum Dach des Riffs viel mehr Fische und Korallen und Anemonen gab. Sie liebte die Wärme des Oberflächenwassers und den Blick in eine immer dunkler werdende Tiefe. Ab und zu erschien aus dem Dunkel ein Schwarm Fledermausfische, stieg höher und höher, dem Licht entgegen, allerdings niemals bis ganz an die Oberfläche. Die Fledermausfische mochten das Halbdunkel.

An der Riffkante, wo das Wasser tief wurde, schreckten die Kinder immer zurück. Sie wollten nicht dort schwimmen oder tauchen, wo sie den Boden nicht sahen. Ihr Instinkt trieb sie zurück zum Riffdach, wo die Sonnenstrahlen glänzende Muster auf die Korallen zauberten, wo das Wasser sacht plätscherte und die Luft nur ein Kopfheben entfernt war. Es gehörte Überwindung dazu, sich ins Dunkelblau jenseits der Riffkante sinken zu lassen. Die Mutter hielt ihr Kind fest im Arm. Sie atmete aus und überließ sich dem Wasser. Sie sank. Das Kind sank mit ihr. Große Augen versuchten zu verstehen, was passierte. Luftblasen stiegen aus der Nase und dem Mund, sobald der Drang auszuatmen zu heftig wurde. Im nächsten Moment wusste man es.

Die Jungs atmeten ein. Wangsok. Ihnen blieb nichts anderes übrig, wenn der Körper nach neuer Atemluft verlangte. Sie sogen das Meerwasser in ihre Lungen und meistens ertranken sie. Es dauerte Sekunden, die sich wie Stunden anfühlten. Die Lunge lief voll, der Kreislauf kollabierte, das Herz versagte und das Hirn stellte seine Tätigkeit ein. Der kleine Körper zuckte und zappelte nicht, er starb still. Es gab kein Paddeln an die Oberfläche, hin zum Licht. Sie ertranken einfach. Oft behielt die Mutter den kleinen Leichnam bei sich, manchmal für Minuten oder eine ganze Stunde. Schließlich ließ sie los und das tote Kind sank nach unten. Eintausend Meter. Zweitausend. Es spielte keine Rolle, wie tief das Meer war.

Für die Mädchen standen die Chancen besser. Auch sie glitten mit der Mutter in die Tiefe. Sie mussten die Angst aushalten keine Luft mehr zu haben, bevor sie atmeten. Einen kurzen Moment befand der kleine Körper sich im Schockzustand, ehe die bizarre Mutation ihr Werk tat und mit dem Sauerstoff im Wasser ebenso umging wie mit dem Sauerstoff der Luft. Die Mädchen schnappten nach Luft. Sie bekamen Wasser in die Lunge und atmeten unbehelligt weiter. Die meisten erlebten einen Moment großen Staunens, ehe sie um sich guckten, die lächelnde Mutter erblickten und sich beruhigten.

Einatmen. Ausatmen. Wangsok. Fast allen Mädchen gelang es. Nach Minuten oder erst nach Stunden tauchten sie mit der Mutter zurück an die Oberfläche. Sie erlebten denselben Schrecken, dasselbe kurze Gefühl des Erstickens, wenn Luft und Wasser den Platz in der Lunge tauschten. Alle husteten Wasser und würgten und wollten bald wieder ins Meer. Der Ozean lockte. Die Schwerelosigkeit und die Sorglosigkeit waren wie eine Droge, der man nicht widerstehen konnte.

So viele Kinder blieben nach dem Wangsok im Meer. Palu hatte die Namen vergessen. Die Gesichter und die Traurigkeit der Eltern verfolgten sie bis in den Schlaf. „Ich sollte den Wangsok nicht machen", überlegte eine Mutter. „Der Junge kann glücklich an Land leben und wenn er tauchen möchte, soll er sich eine Ausrüstung nehmen."

Je länger das Zögern, desto unwahrscheinlicher wurde der Test. Obwohl Menschen, davon war Palu überzeugt, von Natur aus kein Gefühl für Wahrscheinlichkeiten hatten, ahnten sie, wie schlecht die Chancen standen. Gerade bei den Jungs überwog mit jedem Lebensjahr die Angst vor dem Wangsok. Sie scheuten den Verlust ihres Lebens mehr, je älter sie wurden. Bei kleinen Kindern war das Vertrauen zur Mutter übergroß, es wandelte sich im Lauf der Zeit in eine unbändige Angst vor dem Tod. Nur ein Zehntel kehrte aus dem Wasser zurück. Vielen älteren Jungs und jungen Männern war dieses Risiko deutlich zu groß. Sie blieben ihr Lebtag an Land und streckten höchstens mal die Füße ins Wasser.

Einige Männer auf Motu wichen vor dem Meer zurück, sobald es ihnen nahekam. Ihre Welt bestand aus der kleinen Insel mit ihren Bäumen und Obstgärten und Feldern und dem kleinen Dorf. Chimki, der älteste Mann im Dorf, war sein Lebtag nicht von Motu heruntergekommen. Er fuhr nicht mit dem Kanu und dem Boot. Er fürchtete das Wasser aus tiefster Seele. Seine Angst vor dem Wasser war größer als die natürliche Sehnsucht nach Fortpflanzung. Erst nach Jahren gab er dem Wunsch seiner großen Liebe nach. Sie reisten nach Australien, um durch künstliche Befruchtung auf jeden Fall ein Mädchen zu bekommen. Chimki wollte nicht Vater eines Knaben werden.

„Mist." Durch das knatternde Rauschen des Funkgeräts hindurch war kaum zu verstehen, was Kimi berichtete. „Spielt total verrückt. Das Licht flackert wie eine Discokugel. Ich kann machen, was ich will, es beruhigt sich nicht."

Kattha griff zum Funkgerät. „Können Sie eine der Mütter lokalisieren? Eine treibt hier oben tot auf dem Wasser, zwei sind unterwegs. Versuchen Sie die Mutter ins Bild zu bekommen. Halten Sie die Kamera auf das Kind gerichtet, um die Mutter auf jeden Fall zu erwischen."

„Mutter?", schnaubte Kimi. „Was kümmert mich eine verdammte Mutter. Mir ist gerade der Luftfilter ausgefallen. Irgendwas stimmt auch mit dem Antrieb nicht, die Schrauben stottern und zuckeln. Ich muss auftauchen."

„Nix da!", herrschte Kattha sie an. „Die Mutter. Ich will die Mutter im Bild haben. Endlich ist die Tiefe akzeptabel, da können Sie mir unmöglich meine Daten verweigern. Um das Tauchboot können Sie sich später kümmern, jetzt ist die Mutter wichtig. Diese dämlichen Inselfrauen sind nicht gerade kooperativ, da müssen wir es ausnutzen, wenn mal eine von denen im Wasser ist. Finden Sie sie, zeichnen Sie den Tauchgang auf. Nehmen Sie Messungen vor. Jede Information ist wichtig!"

Die Sonne war grell und es war sehr schwer zu erkennen, was genau sich auf dem Bildschirm abspielte. Kattha kam nahe heran und berührte fast mit der Nase den Monitor. „Kimi? Was ist los? Ich sehe schwarze Fläche. Ist mein Laptop kaputt oder ist was mit der Übertragung?"

„Ausgefallen!", hörte man Kimi rufen. „So gut wie alles ist ausgefallen. Kamera, Licht, Motor, Filter. Alles ist ausgefallen. Sie müssen mich hochziehen. Das Tauchboot kann eigenständig keine Bewegung mehr machen."

Kattha rümpfte die Nase. „Hochziehen? Wie stellen Sie sich das vor? Was ist mit den Frauen? Können Sie sie sehen?

Wenigstens eine von denen?"

„Doktor Kattha", sagte Kimi mit deutlich genervtem Unterton in der Stimme. „Ich kann nichts sehen, ich kann nichts erkennen. Ich habe versucht den Computer neu zu starten, aber er will nicht. Das Licht ist ausgefallen, mir bleibt nur ein winziges Lämpchen an meinem Schlüsselbund. Motor kaputt, die Schrauben drehen sich nicht. Sie müssen mich raufziehen. Sofort. Wenn Sie es nicht tun, sind das Boot und ich futsch."

Cathay hatte den Assistentinnen bereits zugenickt und eine kurbelnde Geste mit dem Arm gemacht. „Holt sie hoch. Das Tauchboot hat einen schwerwiegenden technischen Defekt."

Kattha schnaubte. „Muss das sein? Können nicht irgendwelche Parameter aufgenommen werden?"

„Es muss", nickte Cathay. „Es nützt ja nichts, wenn wir Kimi und das Boot verlieren. Wir haben keinen Ersatz und keine andere Möglichkeit so tief zu tauchen. Die Roboter schaffen höchstens tausend Meter."

Kattha trommelte mit den Fingern auf dem kleinen Tischchen, das unter der Wucht der Schläge heftig zitterte. „Technischer Defekt, von wegen. Das waren garantiert diese Mütter." Mit einem sehr harschen Seufzen blickte sie übers Meer. „Wo ist die Frau?"

„Welche Frau?" Cathay hatte nicht hingesehen. Sie war damit beschäftigt, den Kran für das Heraufholen des Tauchboots zu programmieren. Sie wischte auf einem Tablet herum und tippte Daten ein.

„Die tote Frau", erinnerte sich Kattha. „Drei sind ins Meer gesprungen, eine wurde erschossen. Wo ist sie?"

Nun wandte Cathay den Blick von der Seilwinde, mit der das

Tauchboot nahe an die Yacht gezogen wurde. Der Ausleger des Krans wartete darauf das Tauchboot zu packen und an Bord zu heben. Die meisten Leute kümmerten sich um das Tauchboot, zwei Frauen standen bewaffnet herum und langweilten sich offenbar. Keine machte Anstalten auf irgendwen zu schießen.

„Weg", zuckte Cathay die Schultern.

„Das sehe ich." Kattha verdrehte genervt die Augen. „Dieses blöde Inselvolk führt uns ganz schön an der Nase herum." Sie wandte sich an die Wachen. „Beobachtet das Meer. Irgendwann müssen die Frauen auftauchen und wenn sie das tun, will ich es wissen. Wenn sie mir keine Daten liefern wollen, werde ich sie untersuchen und mir die Daten selbst suchen."

Palu verfolgte die Bewegungen des Meeres genau. Sie erkannte anhand des Musters der Wellen, was unter der Oberfläche geschah. Eine der getauchten Frauen hatte die Tote mit sich genommen. Sie war nicht so leichtsinnig, sie am Steg entlang zur Insel zu bringen. Zuerst passierte sie Squid's Point, ehe sie die Richtung änderte und aufs Land zu tauchte. Da hatte sie die Tote unter Wasser gezogen, damit Kattha nicht aufmerksam wurde.

„Doktor Kattha." Palu wollte es noch einmal mit Vernunft versuchen. „So kleine Kinder sind überhaupt nicht in der Lage Ihre Erwartungen zu erfüllen. Die Kleinen verstehen ja nicht einmal, was Sie von ihnen wollen."

„Ach", sagte Kattha. „Die kleinen Kinder können nicht, die älteren wollen nicht. Sieht nicht gut für meine Forschungen aus, oder? Mir läuft die Zeit davon, das ist dir klar?"

Palu behielt die Hände in den Taschen ihrer Shorts. Sie wollte weg vom stechenden Blick dieser boshaften Frau, doch sie zwang sich zu bleiben.

Kattha streckte den Arm und bekam von ihrer Assistentin Maria ein Tablet gereicht. Maria musste in der prallen Sonne stehen. Ihr lief der Schweiß in Strömen vom Körper, ihr Gesicht war hochrot, ihre Atmung flach.

Kattha tippte und wischte auf dem Tablet herum. „Acht Kinder in den letzten Tagen. Alle tot. Dabei weiß ich…" Sie biss die Zähne zusammen und presste die Worte dazwischen hervor: „Ich weiß es. Ich habe es gesehen. Dein verdammtes Volk kann tauchen und schwimmen. Tauchen und schwimmen, wie es jede bisherige Definition sprengt. Willst du es sehen? Möchtest du es sehen?"

Palu nickte. Ahanai hatte ihr von dem Video berichtet, das Kattha ihr gezeigt hatte. Nun wollte Palu es selbst sehen und verstehen, warum es solche Probleme mit sich brachte.

Das Bild war hochauflösend und klar. Erstaunlich, wenn sie berücksichtigte, wie hoch der Satellit flog, der diese Aufnahmen gemacht hatte. Eine Weile passierte nichts. Motu war aus dem Weltraum zu sehen, kaum mehr als ein Fliegenschiss in einem dunkelblauen Meer. Daten zuckten über den Bildschirm. Längen- und Breitengrade, Informationen zu Klima, politischer Selbstständigkeit und Bevölkerungszahl. Weitere Daten wurden gezeigt. Eine Grafik verdeutlichte die Geografie der Insel. Zweiundvierzig. Das war nicht die Temperatur an einem besonders heißen Tag, es war die Anzahl der Menschen, die derzeit auf Motu lebten. So wenige. Palu kannte sie alle beim Namen und von jedem die Lebensgeschichte. Langsam zoomte der Satellit das Bild näher und gleich darauf zurück, weil er nicht Motu erwischt hatte, sondern eine Felsnase etwas westlich gelegen, die bei den Motu nur Krabitari hieß - Treffpunkt.

Motu bestand aus einem ringförmigen Stück Land, das maximal fünf- bis sechshundert Meter breit war. Im Inneren des Rings befand sich die Lagune, wo der Meeresboden auf fünftausend Meter Tiefe abfiel. Dort existierten wenige Meeresbewohner, weil nur durch eine schmale Wasserstraße von etwa fünfzehn Metern Breite frisches Wasser vom Meer in die Lagune gespült wurde. Unter der Oberfläche war der Durchgang durch vorgelagerte Felsen viel schmaler, höchstens ein paar Meter breit. Ab einer Tiefe von gut hundert Metern gab es keinen Durchgang mehr, da war der Vulkankrater geschlossen. Kleine Krebschen, Muränen, manchmal ein Tintenfisch verirrten sich in die Lagune oder lebten dort. Langusten gab es, Schnecken und Seeigel.

An der Südseite der Insel befand sich das Dorf der Motu. Hier war das vorgelagerte Riff am schönsten, und große Felsbrocken, die im Meer lagen, fungierten als natürliche Wellenbrecher. An den Strand schwappten höchstens kleine Ausläufer, selbst bei heftigem Sturm war der Seegang innerhalb der Wellenbrecher nicht nennenswert.

Im Nordosten gab es vorgelagerte Unterwasserhöhlen, die interessant für Tauchausflüge waren und um sich Fisch zu holen, der prima zum Grillen taugte. Schnapper, Makrelen oder auch Tunfische. Dort versteckten sich immer Langusten, aber von den Motu waren fast alle allergisch auf Schalentiere, weshalb die Langusten ein ruhiges Leben hatten.

„Das sind die Reste eines Vulkans", erklärte Kattha. „Vor vielen hunderttausend Jahren hat es hier einen gewaltigen Vulkan gegeben. Irgendwann brach er unter seinem eigenen Gewicht zusammen. Die Wellen und Gezeiten haben den Kegel abgetragen, nur Motu blieb übrig. Es ist stark bewachsen, die Pflanzen haben eine weitere Erosion verhindert. Deshalb habt ihr auch diese bizarren hübsche Hügelchen auf eurer Insel. Es sind kaum Berge. Berge sind gewaltig groß, das dort sind in meinen Augen Hügel." Kattha spulte dieses Wissen überaus gelangweilt ab. „Außerdem besteht Motus Fundament aus einem wesentlich härteren Gestein als der Vulkankegel selbst. Das erodiert sehr, sehr langsam."

Palu beobachtete, wie auf dem Tablet die Perspektive wechselte. Von weit aus dem Weltall zoomte das Bild heran – diesmal lag wirklich Motu im Fokus – bis einzelne Palmen auf den Bergen auszumachen waren, die sich im sanften Wind bewegten. In der Lagune glitzerte das Wasser. Es war nicht zu erkennen, wer der Mann war, der kopfüber mit voran gestreckten Armen vom felsigen Rand der Lagune ins Wasser sprang. Er tauchte unter und war weg.

Er war tatsächlich weg. Sekundenlang tickte die Uhrzeit in der Aufzeichnung weiter. Ebenso lange tat sich nichts in der Lagune. Zartes Wellenkräuseln, manchmal ein Windhauch. Das Bild spulte schneller nach vorn. Schneller. Die Zahlen am unteren Rand begannen zu laufen, zu springen, zu rasen. Nach exakt drei Stunden und vierzehn Minuten stoppte die hastige Zählerei, als der Mann mit dem Kopf durch die Wasseroberfläche stieß. Er schwamm zu dem felsigen

Einstieg und kletterte aus dem Wasser. An seiner Hüfte hing ein Beutel, der prall gefüllt war.

„Drei Stunden und vierzehn Minuten." Kattha tippte auf das Tablet und der Film hörte auf. „Drei Stunden und vierzehn Minuten." Sie schien auf eine Erwiderung Palus zu warten und weil nichts kam, rief Kattha ein neues Video auf. Sie hielt ihr das Tablet wieder vor die Nase.

Ein dunkler Tisch war zu sehen, auf dem ausgebreitet mit weiten Abständen glitzernde Steine lagen. Diamanten. Ungeschliffene Rohdiamanten und geschliffene Prachtstücke nebeneinander. Es gab viele kleine Steinchen in der Größe von Splitt, aber auch erbsengroße und kirschgroße Steine. Viele kirschgroße Steine. Kirschen, die ein gutes Jahr mit viel Wasser, Sonne und ohne jeglichen Hagel erlebt hatten.

„Da liegen mehrere Millionen auf dem Tisch", sagte Kattha. „Es sind die qualitativ besten Diamanten, die es auf der Welt gibt. Sie stammen aus dem Inneren unserer Erde, nicht aus einer Tiefe um die zweihundert Kilometer, wie die meisten Diamanten, die man heutzutage findet, sondern aus einer Tiefe von mindestens fünftausend Kilometern. Das ist nahe am Erdkern, sehr nahe. Diamanten entstehen, wenn der unvorstellbare Druck im Inneren der Erde Kohlenstoff zusammenpresst. Oft entsteht Kohle oder Graphit, aber wenn die Bedingungen stimmen, entstehen Diamanten. Meistens taugen sie für die Forschung, manchmal jedoch entstehen hervorragende Diamanten, nach denen jeder Juwelier sich die Finger leckt." Sie machte eine Pause. Im Video war eine behandschuhte Hand zu sehen, die die Steine der Größe nach sortierte. „Wo Vulkane tätig waren, haben sie oft Diamanten an die Oberfläche mitgebracht."

Die Hand hatte blitzschnell Ordnung in die Steine gebracht. Einer der kirschgroßen Diamanten wurde in die Kamera gehalten und funkelte selbst ungeschliffen in einer Pracht, für die reiche Menschen ein Vermögen bezahlten. Gepresster Kohlenstoff aus den Tiefen der Erde. Ein Wert von Millionen. „Ich bin aufmerksam geworden", sagte Kattha, „weil immer wieder Bewohner einer winzigen Südseeinsel in der Weltgeschichte herumreisen und mit ihrem Geld überhaupt nicht zu geizen brauchen. Es gibt Berichte von Hubschrauberflügen über den Grand Canyon, die mehrere Tage dauerten. Suiten in den teuersten Hotels werden anscheinend aus der Portokasse bezahlt. Jemand, der mehrere Luxusautos sein Eigen nennt, zuckt mit keiner Wimper, wenn dafür extra eine Garage mit mehreren Hundert Stellplätzen gebaut werden muss." Sie musste einen tiefen Atemzug machen, um ihre Stimme, die schneller und schneller zu galoppieren begann, wieder einzufangen und zu beruhigen. „Ich habe gesehen, wie einem Mädchen ein Beutelchen mit Diamantsplittern heruntergefallen ist und es sich nicht bückte, um sie aufzusammeln. Es lohnte sich nicht. Wichtiger war, die Metro zu erreichen. Damals war ich eine Studentin auf Jobsuche. Mich scherte die Metro nicht. Ich sammelte die Steine auf und hatte mir damit mein Studium finanziert." Kattha reichte das Tablet zurück an Maria, die es beinahe ins Wasser hätte fallen lassen, und legte die Fingerspitzen aneinander. „Die meisten Menschen blicken auf die Bewohner der Südsee mit einer Mischung aus Mitleid und Arroganz herab. Seit den Kolonialzeiten glauben wir im

Westen, in der Südsee lebe man von den Früchten, die das karge Eiland bietet, und vor allem von dem, was im Meer zu finden ist. Früher schufteten die Einheimischen für die Kolonialherren, heute gerne für die Tourismusbranche. Richtig reich wird dabei niemand. Einige bringen es zu bescheidenem Wohlstand, der sich in einem hübschen Häuschen und guter Schulbildung für die Kinder äußert. Die meisten bleiben ihr Lebtag lang bitter arm und sterben ebenso mittellos wie sie geboren wurden."

Die wunderschönen Inseln ringsum hatte Palu alle besucht, wobei *ringsum* den gesamten Pazifik zwischen Australien, Asien und den Inseln Hawaiis umfasste. Ein riesengroßes Gebiet, das zu bereisen nur mit einem guten Schiff und viel Zeit möglich war. Die Abstände zwischen den Inseln waren groß, das Meer dazwischen oft ungemütlich und wild. Palu kannte die Urlaubsparadiese, die die Menschen der westlichen Welt so liebten, und sie kannte die Armut in den abgelegenen Teilen der Inseln, wo der Reichtum der Touristen nicht anlangte, weil der Sand nicht weiß genug oder die Riffe zu unzugänglich zum Tauchen waren.

„Die Motu", fuhr Kattha fort, „geben ihr Geld, von dem niemand weiß, woher es stammt, für alles aus, was das menschliche Herz erfreut, nur nicht für Schmuck." Kattha blickte an Palu hinunter und wieder hinauf. „Kein Schmuck. Warum nicht?"

Palu betrachtete ihre nackten Hände. Keine Ringe, keine Armbänder, keine Kettchen. Keine Motu hatte Ohrlöcher, niemand trug eine Uhr oder Broschen oder Diademe in den Haaren. „Schmuck bedeutet uns nichts."

Sie hatte einmal einen Ring besessen, der sie lange Jahre an die Mutter erinnerte. Mit der Zeit verblasste die Sehnsucht nach der Mutter und das Gefühl, sich mit Gegenständen an sie erinnern zu müssen. Palu schenkte den Ring einer Freundin, die von ihrem Mann gegen eine jüngere Geliebte ausgetauscht worden war. „Das ist genug Geld, um auf eigenen Beinen zu stehen." Es war mehr als genug.

„Luxus bedeutet euch offenbar auch nichts." Hinter Kattha hatten sich in den letzten Minuten Wolken aufgebauscht, die rasch größer und dunkler wurden. Ein Gewitter war im Anmarsch. Gewitter aus Osten, das wusste Palu, waren oft sehr heftig. „Ihr könnt auf dieser kleinen, abgelegenen, gottverlassenen Insel überhaupt keine Autos, Villen oder Pools gebrauchen. Ihr gebt Geld anderswo aus, nicht hier. Hier habt ihr nichts."

Das Dorf, die Insel, das saubere Meer und vor allem die Gemeinschaft waren ein Schatz, ein großes Glück, das der Bezeichnung *nichts* völlig zuwiderlief.

„Ihr bereist die Welt und gebt sehr, sehr viel Geld aus." Sie tippte sich ans Kinn, als würde sie eifrig nachdenken, dabei heischte sie mit ihrer Kunstpause nur nach weiterer Aufmerksamkeit. „Ich habe einmal beobachtet, wie eine eurer Inselfrauen für sich und drei Begleiterinnen einen Flug erster Klasse von Dubai nach New York gebucht hat, ohne auch nur nach dem Preis zu fragen. Sie wusste nicht, wie viel Geld sie mit ihrer Kreditkarte bezahlt hat. Mir hingegen dämmerte langsam, wie eine Frau der kleinen Insel Motu an so viel Geld kommen kann." Kattha lachte ihr hinterhältiges trockenes Lachen. „Vom Bananenverkauf stammt es nicht, ihr verkauft kein Obst nach irgendwo. Mit Fisch lässt sich zwar Geld machen, oft auch viel Geld, aber ihr fangt Fisch nicht in nennenswertem Umfang. Mal eine Makrele hier, mal ein paar Schnapper dort. Kein Verkauf, nur Eigenbedarf. Tourismus gibt es hier nicht. Ihr lebt in kleinen Hütten, vertändelt den Tag und genießt die frische Luft ganz allein. Touristen finden eure Insel nicht einmal. Woher also euer Reichtum? Manchmal wird eine Motu in einem australischen Krankenhaus behandelt und die Rechnung einfach so mit der Kreditkarte bezahlt. Wie kommt das? Ein paar Hunderttausend Dollar und ihr legt nonchalant eine Kreditkarte auf den Tresen." Kattha hob ihre Hände vor Palus Gesicht und streckte an jeder Hand zwei Finger in die Höhe. „Kannst du rechnen, kleine Inselfrau? Kannst du zwei und zwei zusammenzählen? Ich kann es." Sie streckte die vier Finger nacheinander. „Der Vulkan. Drei Stunden und vierzehn Minuten. Diamanten. Reichtum." Hinter ihr blitzte es zwischen zwei dunklen Wolken. Vom heftigen Wind wurde das einige Kilometer entfernte Gewitter auf die Insel zugetrieben. „Meine Rechnung geht auf, kleine Inselfrau. Die astreinen Diamanten, nach der Juweliere der ganzen Welt sich die Finger lecken, stammen von hier. Sie liegen in der Tiefe eurer Lagune und euer Volk ist in der Lage, sie von dort zu holen."

Die Aufpasserinnen waren still, Maria ließ ihre Augen zwischen Kattha und Palu hin und her wandern. Die Wolken und die Wellen waren das einzige an dieser Szene, das sich bewegte, und weder die Wolken noch die Wellen interessierten sich für dieses Gespräch.

Palu schnappte nach Luft. Sie ließ es wie ein heiseres Lachen klingen. „Die Lagune ist fünftausend Meter tief, keine fünf Meter. Fünf Meter sind für Menschen spielend zu schaffen, fünftausend hingegen…"

„Drei Stunden und vierzehn Minuten." Kattha kam nahe an Palu heran und tippte ihr mit dem Finger gegen die Brust, wobei sie tunlichst darauf achtete, den blutverschmierten Bereich nicht zu berühren. „Es kann niemand so lange unter Wasser bleiben und trotzdem hat der Satellit es gefilmt." Sie tippte nicht mehr, ihr Finger bohrte sich in den Stoff des T-Shirts und die Haut darunter. „Ich habe euch an den Eiern, besser gesagt an den Steinen. Ich will von eurem gigantischen Kuchen ein Stück abhaben."

Kapitel 3

Die Ankunft der Yacht war ein großes Ereignis. Palu saß am Strand und schmiergelte mit einem Schleifpapier an kleinen Steinchen herum. Es waren wirklich kleine Steinchen, gerade so groß wie Reiskörner. Sie waren aufwändig zu bearbeiten und brachten im Vergleich zu anderen Steinen kaum etwas ein, doch Palu beschäftigte ihre Hände gern mit dieser Aufgabe. Es war eine Herausforderung für ihre Finger, die sich an jenem Tag besonders plump anfühlten. Am Vorabend hatte sie mit Ahanai und Sisou ordentlich gesoffen und der Alkohol sorgte für Wassereinlagerungen im Gewebe. Deshalb fühlten ihre Finger sich doppelt so dick an wie sonst. Es war eine Qual, die kleinen Steinchen über das Schleifpapier zu ziehen, ohne dabei die Form zu verlieren oder schief zu schmirgeln.

„Ein Schiff!", schrie plötzlich Faha direkt neben Palu. Sie hatte die Frau nicht kommen hören und erschrak bis ins Mark von dem unvermittelten Schrei. Einige Steinchen glitten ihr aus der Hand und landeten im hellgelben Sand. Obwohl Palu sofort danach griff, konnte sie keines der Steinchen aufheben. Wenn sie mit spitzen Fingern danach pickte, sackten die Steinchen tiefer zwischen die Sandkörner. Immer tiefer. Sie gab es auf und richtete den Blick gen Horizont. „Ein Schiff?" Faha stemmte die Hände in die Hüften. „Ohne deine Brille kannst du das gar nicht sehen."

„Vielleicht trage ich Kontaktlinsen?"

„Du hast seit Monaten keine Kontaktlinsen getragen." Faha streckte den sonnengebräunten Arm und zeigte auf eine Stelle weit außerhalb der natürlichen Wellenbrecher. „Da kommt ein Schiff auf uns zu und es ist ziemlich groß."

„Ein Schiff?", wiederholte Palu. „Keine Yacht?"

„Es ist eine Yacht, die ist so groß wie ein Schiff. Wie eines dieser Kreuzfahrtschiffe beinahe." Faha streckte auch den zweiten Arm. „Eines von der Sorte, wo zwanzig Leute draufpassen. Wo man exklusive Kreuzfahrten macht und auf einen Passagier ein Angestellter kommt. Diese Art Schiff. Wenn es eine Yacht ist, gibt es für jeden Gast an Bord mehrere Zimmer und Badezimmer, einen Fitnessraum, ein Kino, einen Speisesaal, ein Besprechungszimmer, einen Salon und so weiter. Es ist eine wirklich große Yacht."

„Weiß Ahanai Bescheid?", fragte Palu.

„Das ist es ja", jammerte Faha. „Du musst mit ihr sprechen. Sie will nicht aus ihrer Hütte kommen, weil ihr die Sonne zu sehr in die Augen sticht. Wegen einer blöden Yacht, sagt sie, macht sie keinen Schritt vor die Tür."

Selbst mit fest zusammengekniffenen Augen konnte Palu nichts am Horizont ausmachen. Das graue Meer verschwamm mit den mausfarbenen Wolken. „Naja, es fahren öfter Yachten vorbei, die sich nicht um Motu scheren." Mit einem tiefen Atemzug ließ Faha sich in den Sand sinken. Ihre Knie drückten Dellen zwischen die feinen Körnchen und schoben Palus Glitzersteinchen weiter in unerreichbare Gebiete. „Die Yacht hält auf Motu zu, das habe ich durchs Fernglas deutlich gesehen. Außerdem kommt sie aus Osten, zusammen mit einem Gewitter. Besuch, der von einem Gewitter begleitet wird, ist kein angenehmer Besuch."

Diesen Aberglauben wischte Palu mit einer Handbewegung

fort. „Unsere Ahnen haben das geglaubt. Seitdem haben wir in Meteorologie dazugelernt. Es gibt keinen Zusammenhang zwischen dem Wetter und der Qualität eines Besuchs."

„Du irrst dich", sagte Faha. „Gewittriger Besuch bringt Kummer und Verdruss. Erinnere dich an diesen reichen Schnösel. Der kam auch mit einem Gewitter im Schlepptau und die Reste seines dämlichen Plastikmülls liegen heute noch am Strand herum und wollen nicht verfaulen. Das war ein kleines Gewitter, damals, ein paar Wolken, einige Blitze und Donnerschläge, die der Rede nicht wert waren."

„Ach." Palu prüfte mit einem langen Blick den Himmel. „Steht uns diesmal ein heftiges Gewitter bevor?"

„Sehr heftig." Faha wandte den Blick nicht von Palu. „Diese gewaltigen Wolkenberge türmen sich höher als Flugzeuge fliegen. Sie haben die typische Ambossform und werden nicht nur heftigen Regen, sondern möglicherweise auch starken Hagel mit sich bringen. Ich habe jedem geraten, alles sturmfest zu machen und die Gemüsebeete abzudecken. Sark und Kris haben bereits damit angefangen."

In diesem Moment schaute Palu zum Horizont und sah einen Blitz, der von einer dunkelgrauen Stelle der Wolke zur anderen hüpfte. Wenige Sekunden später war ein entferntes Donnergrollen zu hören.

„Der Wind treibt es voran", sagte Faha, „aber nicht schnell genug, um uns zu passieren, ehe es seine volle Kraft entfaltet. Wir bekommen es in seiner ungezügelten Stärke ab." Sie stutzte. „Ich werde meine Habseligkeiten in Sicherheit bringen und die Luken meiner Hütte schließen. Das wird kein Spaß in den nächsten Stunden."

Tatsächlich brauchte das Gewitter beinahe genauso lang wie die Yacht, um die kleine Insel zu erreichen. Palu hatte ihre Sachen gepackt und war nach Hause gegangen. Sie traf Ahanai in einer seltsamen Position auf der Schwelle zu ihrer Hütte. Die Beine baumelten draußen, Kopf und Oberkörper befanden sich im Inneren.

„Geht es dir gut?", zupfte Palu neckend mit zwei Fingern am großen Zeh von Ahanais rechtem Fuß. „Brauchst du Kopfschmerztabletten?"

„Die doppelte Dosis, bitte", krächzte Ahanai. Ihre Stimme klang wie ein Reibeisen. „Mir ist so furchtbar übel und mein Kopf… Mein Kopf!"

Palu brachte Schmerztabletten. „Du solltest viel trinken. Das hilft gegen Kater."

„Ich habe gestern verdammt viel getrunken, davon kommt dieser Kater überhaupt erst." Nach einigen Minuten schaffte sie es, sich in eine sitzende Position zu bringen. Sie wankte auf der Schwelle ihres Hauses. Bis zum Erdboden war es ein guter Meter, normalerweise kein Problem, dort hinunter zu hüpfen. Wenn man fit war.

„Ein heftiges Gewitter kommt auf Motu zu", sagte Palu. „Faha bringt ihr Zeug in Sicherheit und die meisten anderen auch. Wir sollten das Dorf sturmfest machen."

Mit zitternder Hand balancierte Ahanai zwei Tabletten in ihren Mund. Sie musste sie von der Handfläche ablecken, denn sie schaffte es nicht, sich die Tabletten mit dem Kopf im Nacken in den Mund zu schubsen. Sie trank einen Schluck Wasser nach und verzog dabei das Gesicht. Ihre Augen kugelten haltlos in den Höhlen herum. „Ich kann nicht." Sie ließ sich wieder nach hinten sinken, bis der Kopf auf dem Hüttenboden auflag und sie mit der linken Hand die Wand berühren konnte. „Mir ist nicht gut. Ich kann nicht laufen. Ich kann nicht einmal sitzen. Lieber Himmel, ist mir schlecht."

Deshalb half Palu ihr mit ihrer Hütte. Sie sammelte die Wäsche ein, die Ahanai außen herum zum Trocknen aufgehängt hatte. Sie schloss die Fensterluken und verriegelte sie. Die Blumentöpfe, die auf halber Höhe auf Podesten standen, stellte sie auf den Boden, damit sie nicht vom Sturm heruntergeweht wurden. Unter ihrer Hütte hatte Ahanai einige Kisten mit persönlichem Kram. Normalerweise ein guter Platz, doch wenn eine kurzfristige Überschwemmung kam, liefen die Kisten Gefahr fortgespült zu werden. Palu wuchtete sie in die Hütte hinauf und schob sie dort an die Wand.

Flach ausgestreckt auf dem Rücken lag Ahanai in ihrer Hütte und jammerte leise vor sich hin. Der Kopf tat ihr immer noch weh und schlecht war ihr obendrein. Sie war tatsächlich grün im Gesicht, grün wie frisch angeschwemmte Algen.

„Eine Yacht ist aufgetaucht." Palu machte einen letzten Blick durch die Hütte. „Faha meint, sie hielte direkt auf Motu zu."

„Die werden nicht anlanden, solange das Gewitter tobt." Ahanai seufzte tief. „Lass mich sterben, Palu, einfach sterben."

Es war nicht Ahanais erster Vollrausch, bei dem sie sich wünschte zu sterben. Palu breitete eine leichte Decke über sie und kümmerte sich anschließend um ihre eigene Hütte und ihre Sachen.

Da hatte es zu regnen begonnen. Feine Tropfen, die mit

weitem Abstand kamen. Palu schloss zuerst die Fensterluken und verriegelte sie. Ein Sturm kam auf, der die T-Shirts an ihrer Hüttenwand von der Leine pustete. Mit den drei nun wieder sandigen Shirts in der Hand verschwand sie im Inneren der Hütte. Sie schob die Tür vor und beobachtete durch den Glaseinsatz, wie der Sturm die Palmen und Bäume bog und die Wolken über den Himmel trieb. Sie kratzten an den Bergspitzen, so tief hingen diese Wolken.

Plötzlich war die Helligkeit weg. Mittags um eins wurde es dunkel wie beim Einbruch der Nacht. Schwarze Wolken quollen über den Himmel, ein Blitz zuckte. Fast im gleichen Moment gab es einen heftigen Donnerschlag, der grollend und tobend über die kleine Insel rollte. Blitz folgte auf Blitz, Donner auf Donner. Es war nicht mehr auszumachen, welcher Donnerschlag zu welchem Blitz gehörte. Palu versuchte die Sekunden zu zählen, die zwischen Blitz und Donner lagen, doch das Gewitter war direkt über Motu. Es spielte keine Rolle, ob es hundert Meter weiter östlich oder westlich sein verheerendes Zentrum hatte.

Aus einem sachten Regen, der die Felder und Bäume prima wässerte, wurden dicke und mächtige Regentropfen. Sie patschten gegen das mit Palmwedeln bedeckte Dach und die Fensterluken. Palu hatte Glaseinsätze in ihren Fenstern und trotzdem die hölzernen Luken geschlossen. Sie fürchtete zersprungene Scheiben durch heftigen Hagel, dabei hatte es auf Motu noch nie gehagelt. Es gab nicht einmal Überlieferungen von früher. „Das ist irre", hatte Ahanai gesagt, nachdem Palu ihr von Unwettern mit golfballgroßen Hagelkörnern erzählt hatte. „Zum Glück ist es bei uns zu warm für derartige Abartigkeiten der Natur."

Die Schiebetür, die weit hinterm Vordach lag und zur vom Gewitter abgewandten Seite zeigte, war ihr einziger Blick nach draußen. Der Regen wurde dicht, bis die Hütten um sie herum kaum mehr zu sehen waren. Der Sturm bog und schüttelte an den Bäumen, lose Blätter schwirrten durch die Luft. Das Tosen des Meeres war bis ins Dorf zu hören, die Wellen schlugen mit Macht gegen die Wellenbrecher, das Riff und sogar den Strand. Dort, wohin niemals hohe Wellen gelangten, wirbelte Brecher nach Brecher den Sand auf und knabberte eine Schneise bis dorthin, wo der Bewuchs begann. In die Bäume, die oben auf den Bergen standen, schlugen mehr Blitze als je zuvor ein.

Ein solch heftiges Gewitter hatte Palu noch nie erlebt. Sie wollte sich mit etwas zu lesen ablenken, doch ihre Augen huschten immer wieder von den Zeilen weg und hin zu dem Gewitter. Die vorgelagerten Felsen waren unter den zerschlagenden Wellen nicht mehr zu erkennen. Himmel und Meer bildeten eine durchgehende dunkelgraue Fläche. Sollte die Welt irgendwann untergehen, stellte Palu sich dieses Ereignis haargenau so vor. Ein gewaltiges Gewitter versenkte Häuser und Bäume, Wege und Pfade. Vielleicht, wenn die Welt unterging, setzte ein Funke alles in Brand und ein Feuerinferno verschlang alles.

Erst nach einer Stunde wurden die Abstände zwischen den Blitzschlägen größer und der Donner war kein Peitschenschlag mehr, sondern ein rollendes Grollen, das sich in alle Richtungen ausbreitete. Ebenso wie ihre Gedanken an einen Weltuntergang hörte der Regen auf. Von einem

Moment zum anderen war der prasselnde Niederschlag vorbei und die Wolken verzogen sich. Ein Sonnenstrahl brach durch und berührte Motus Südspitze ganz sacht.

Palu schob ihre Tür auf und lauschte draußen, wie das Wasser von den Hütten und Bäumen tropfte. Sie entdeckte Gesichter der Nachbarn, die neugierig um sich schauten. Selbst aus Ahanais Hütte guckte eine müde Dorfchefin hervor. „Ist es vorbei? Kann jemand die dämliche Yacht sehen? Wir sollten das Dorf auf die andere Seite der Berge verlegen, um etwas Schutz vor diesen fürchterlichen Unwettern zu haben."

Palu konnte die Yacht sehen. Draußen an der Riffkante taumelte sie zwischen den Wellen, die sich langsam beruhigten. Das Schiff schaukelte auf und ab, an Deck waren Personen zu sehen, die geschäftig hin und her liefen.

„Ist vor Anker gegangen", sagte Palu. „Keine zwanzig Meter von Fisherman's Cove entfernt liegt die Yacht im Wasser."

„Kannst du Details erkennen?", wollte Ahanai wissen.

Palu fischte nach ihrer Brille und setzte sie auf. „Die haben ein Tauchboot dabei."

„Ein was?"

„Ein knallgelbes Tauchboot für zwei Personen. Es ist auf dem Heck der Yacht untergebracht und wie es aussieht, prüfen die Leute gerade, ob es durch den Sturm Schaden genommen hat. Es heißt Deep Down Low."

„Beschissener Name", krächzte Ahanai. „Die wollen bestimmt das Riff erkunden. Korallen suchen, die den Klimawandel wegstecken, Fische, die sich trotz steigender Temperaturen fortpflanzen, Haie und ihre Wanderrouten. Immer wollen Forscher irgendwas wissen." Unter größter

Anstrengung streckte sie die Beine und sogar die Zehen, wobei sie stöhnte wie eine Heulboje. „Wenn ihnen das Geld ausgeht, werden wir sie wieder los sein. Bald. Geld für Forschung ist immer knapp."

Während der Nacht wurde Palu kurz geweckt. Sie hörte Stimmen vor den Hütten, die sich leise murmelnd unterhielten. Eine Frau und ein Mann. Mindestens. Auf leisen Sohlen entfernten sich die Leute und Palu schlief beruhigt wieder ein. Vielleicht wollten Anak und Sisou nach den Thunfischen sehen und sie vor etwaigen Fischern schützen. Dazu brach man am besten in der Nacht auf, denn der Schwarm hielt sich nachts gern an Maikikaka auf, und die Fischer wussten das. Sie gingen mit großen Netzen auf den ganzen Schwarm los und holten alle Exemplare aus dem Meer, die sie kriegen konnten. Maikikaka bedeutete übersetzt aus der Motu-Sprache so viel wie *Kleinigkeit*, aber wenn ein ganzer Schwarm Thunfisch gefischt wurde, war das keine Kleinigkeit mehr. Da half nur, das Netz der Fischer in winzige Stücke zu zerschneiden, damit es nicht mehr geflickt werden konnte. Einzig ein wirtschaftlicher Totalschaden am Netz konnte die Thunfische schützen.

Palu grübelte im Halbschlaf, ob sie etwas von einem Fischerboot mitbekommen hatte. Faha, die das Meer mit Radar im Auge behielt, hätte sich bestimmt gemeldet. Andererseits war durch den Trubel um die Yacht ein Fischerboot vielleicht durchs Raster ihrer Aufmerksamkeit gerutscht.

Als sie bei Sonnenaufgang die Augen öffnete, hörte sie Anak und Sisou auf dem Platz vor den Hütten sprechen. Sie planten die Ernte einiger Kokosnüsse, bevor diese von selbst vom Baum fielen und womöglich jemanden verletzten.

„Ich klettere hoch, keine Frage", tönte Anak, woraufhin Sisou widersprach: „Du bist zu schwer für den zierlichen Baum. Du reißt die Spitze ab. Ich klettere hoch."

„Wie willst du dich mit deinen dünnen Ärmchen in der Krone halten? In der *Krone*", verbesserte Anak.

„Krone", raunte Sisou. „Spitze. Wenn du was abreißt, können wir den Baum gleich umhauen."

„Der schwächelt eh."

Sisou begann ihm einen Vortrag zu halten über die Düngemenge, die eine Kokospalme brauchte, die Zusammensetzung der Nährstoffe, den Wasserbedarf und die Windstärke, die der Baum vertrug. Sie erklärte ihm, wann der Baum in die Höhe wuchs und wann er eher in die Breite ging. Palu hörte nicht länger hin.

Sie stand auf und schob ihre Tür zur Seite, um frische Luft in die Hütte zu lassen. Gähnend rieb sie sich die Augen und guckte übers Meer. Azurblaues Wasser hinter dem hellen Türkis des Strandes.

Die Yacht war weg!

Palu schob die Beine über ihre Schwelle und ließ sich den Meter nach unten auf den Sandboden fallen. „Die Yacht ist weg!", sagte sie aufgeregt zu Anak und Sisou. „Seht ihr nicht? Sie ist weg!"

„Tatsächlich." Anak sprach es, ehe er sich umdrehte und auf das Meer schaute. „Haben anscheinend das Weite gesucht. Vernünftig, durchaus vernünftig."

Aus ihrer Hütte kam Ahanai gekrochen. Sie humpelte und

schüttelte gleichzeitig den rechten Fuß. „Sie sind weg? So ein verdammter Mist, mir ist das Bein total eingeschlafen. Gehört gar nicht mehr zu mir." Sie beutelte das ganze Bein so heftig wie möglich und schlenkerte das Knie und den Fuß. „In letzter Zeit schlafen mir ständig die Beine ein. Das kenne ich gar nicht von früher. Muss so eine Alterserscheinung sein."

„Abgereist", stellte auch Sisou fest. „Wunderbar. Keine Spur mehr von der dummen Yacht zu sehen."

Palu drohte den beiden mit dem Zeigefinger. „Es kommt niemand bei Gewitter durch den Sturm gefahren, um ohne Kontaktaufnahme wieder abzureisen. Was habt ihr zwei heute Nacht gemacht? Wo habt ihr euch rumgetrieben?"

„Wir?", begannen Sisou und Anak eine wortreiche Erklärung, die Palu nicht mitbekam, weil Faha vom anderen Ende des Dorfes gejoggt kam: „Da hält wieder ein Schiff auf uns zu. Aus Südwesten. Ich habe es beim Meditieren bemerkt." Sie guckte zu der Stelle, wo gestern Katthas Yacht geankert hatte. „Mensch, das ist Katthas Yacht, die zurückkommt. Kam mir gleich bekannt vor, dieses Schiff. Warum war sie weg? In der Richtung liegt bloß sehr viel offenes Meer. Wollten die das Tauchboot dort draußen ausprobieren? Den Weg hätten sie sich sparen können, der Meeresgrund ist hier viel tiefer als weit dort draußen."

„Vielleicht", überkreuzte Palu die Arme, „sind sie nicht freiwillig abgefahren, sondern während der Nacht mit der Strömung abgetrieben, weil der Anker nicht hielt."

Anak machte ein unschuldiges Gesicht. „Sie scheinen einen sehr schlechten Anker zu haben."

Sisou stimmte ihm nickend zu. „Wahrscheinlich haben sie die

Felsnase erwischt, die ohnehin brüchig war. Da reißt ein Anker bei Strömung schnell ab und mit dem Gewitter gestern hat es bestimmt sehr heftige Strömungen gegeben."

„Heftige Strömung!", schnaubte Palu. „Ihr beide habt den Anker gelöst. Deshalb wart ihr heute Nacht zugange. Ich konnte euch hören, wie ihr mit Flüsterstimmen euren Plan besprochen habt. Ihr habt den Anker gelöst und die Yacht abtreiben lassen. Schämen solltet ihr euch, sowas ist gefährlich."

„Quatsch", sagte Anak, „wir haben die Thunfische geschützt. Ein Fischerboot hat auf den Schwarm zugehalten und da konnten wir unmöglich tatenlos zusehen. Wir haben das Netz zerschnitten, wie wir es immer tun. Nicht wahr?" Er rempelte Sisou seinen Ellbogen in die Seite.

„Ganz genau", sprang sie sofort auf diesen Hinweis an. „Ein großer Schwarm ist seit ein paar Tagen da und Thunfisch bringt ein Vermögen bei den Japanern ein. Das ist der seltene Blauflossenthunfisch, auf den die Japaner so stehen. Der muss geschützt werden."

„Jaja", nickte Anak. „Er ist vom Aussterben bedroht und niemand sollte nach ihm fischen, deshalb haben wir das Netz dieser Fischer zerschnitten. Drei Säcke voll Abfall sind es geworden, wir haben fast vier Stunden gebraucht, um es zu zerlegen und aufzuräumen."

In der Ferne glaubte Palu das Motorengeräusch der Yacht zu hören. „Wer die Gefahren eines solchen Gewitters auf sich nimmt, lässt sich durch einen abgerissenen Anker nicht abhalten."

Tatsächlich hatte die Yacht Probleme, die eine andere Crew

gewiss zum Umkehren bewogen hätten. Palu bemerkte die lose Ankerkette, die aus der Öffnung an der Seite guckte. Der große hakenförmige Anker fehlte. An Bord eilten die Seeleute von einer Seite zur anderen, beugten sich immer wieder über die Reling und beratschlagten, was nun zu tun war.

Eine lose Ankerkette. Solange der Motor lief, war das für die Yacht kein Problem. Sie ließ sich an Ort und Stelle halten. Gut, wahrscheinlich war der Kapitän irgendwann genervt, weil er das Schiff pausenlos ausmanövrieren musste. Was schlimmer für Kattha und an ihren Gesten und dem Gebrüll eindeutig zu entnehmen war: Sie konnte nicht auf die Insel gelangen.

Beim Frühstück beobachtete Palu, wie die Seeleute tätig wurden. Die lockere Ankerkette wurde eingeholt und am Vorderdeck, wo normalerweise gespeist und ausgeruht wurde, legte man Decken aus. Einige Kübel Wasser stellte man bereit. Wenig später entdeckte Palu eine Frau mit Schutzhelm über dem Kopf und Schweißgerät in der Hand. Einige Stunden lang arbeitete sie eifrig, es blitzte und knisterte von der Yacht herüber bis zur Insel. Endlich, nachdem Kattha das Mittagessen am hinteren Teil des Schiffes nahe beim Tauchboot eingenommen hatte, war die Frau fertig. Sie präsentierte nicht den schönsten Anker, aber bestimmt einen, der zweckmäßig war. Diverse Stahlrohre, vielleicht Stuhlbeine, waren zu einem x-förmigen Anker verschweißt.

Kiku und Sisou lachten sich kaputt bei diesem Anblick, was nicht ausschließlich an den zahlreichen Cocktails lag, die sie zum Mittagessen genossen hatten. Auch Palu und jede noch so ernste Motu-Frau konnten sich ein Schmunzeln nicht verkneifen. Tja, manchmal hatte man Pech beim Denken.

Nach kurzem Lamentieren wurde auf der Yacht der große Ankerkopf von der Kette losgeschweißt und die Kette zuerst durch das Loch an der Reling geführt. Für einige Minuten musste die Schweißerin kopfüber arbeiten, damit sie den Anker wieder an der Kette anbringen konnte.

„Das erinnert mich an den Typen, der eine Balkonbrüstung festgeschraubt und dabei seinen Kopf zwischen den Gitterstäben eingeklemmt hat", lachte Ahanai. „Im Internet gibt es unzählige solcher Videos und jedes ist lustiger als das andere." Sie wurde schlagartig ernst. „Es ist, wie du sagst. Diese Leute lassen sich von einem kaputten Anker nicht abhalten. Es wird repariert und improvisiert."

Es verzögerte die Vorbereitungen, mehr nicht. Am späten Nachmittag war der Steg samt Plattform an der Yacht befestigt. Der Anker saß fest und noch einmal würde es Anak und Sisou nicht gelingen, die Yacht vom Riff zu lösen. Die Mannschaft wurde in Wachdienste eingeteilt, um weitere Sabotageakte zu verhindern.

Während ein Teil der Leute mit dem Bau des Stegs zugange war, wurde die Deep Down Low getestet. Sie tauchte ab und nach einer gewissen Zeit wieder auf. Eine junge Frau mit grellpinkem Haar saß am Steuer, die auf den Namen Kimi hörte. Manchmal war Katthas lautes Gebrüll auf der ganzen Insel wortgetreu zu verstehen.

„Mit dem Frieden ist es auf unserer Insel vorbei", stellte Ahanai fest. „Heiser wird diese Kreissäge irgendwie auch nicht."

Gerade als Kattha sich auf den Weg zum Strand machte und

die ersten zwanzig Meter hinter sich hatte, fuchtelte Kimi gleich nach dem Auftauchen heftig mit den Armen und brüllte etwas, das Palu nicht verstand. Kattha machte kehrt und stapfte missmutig zurück zur Plattform, wo sie sich über den Rand beugte und zusammen mit Kimi, Maria und einigen anderen Neugierigen das hintere Ende des Tauchbootes anschaute. Alle schüttelten den Kopf und zuckten die Schultern.

Neben Palu tauchte Anak auf. Aus seiner Hose tropfte Wasser direkt auf den Reader, den Palu neben sich in den Sand gelegt hatte. Schnell nahm sie ihn weg und wischte die Tropfen vom Display. „Du bist klatschnass."

„Ich habe die Schrauben des Tauchbootes manipuliert", gab Anak unumwunden zu. „Die sind aus Stahl und beinahe nicht kaputt zu kriegen, aber mit den Resten von dem Fischernetz, die sich verwickeln, machen die erstmal keinen Mucks mehr." Er lachte glucksend. „Konnte mit Mühe auftauchen, ehe der Motor wegen Überhitzung abschalten musste. Die werden ewig brauchen, um die Schrauben von dem Netz zu befreien. Falls sie das richtige Werkzeug dabeihaben. Mit einer Schere geht das nicht. Man schneidet diese Art Nylonnetz nicht mit einer Schere."

Palu schaute ihn schräg von unten an. „Woher hast du ein Nylonnetz? Habt ihr heute Nacht tatsächlich die Thunfische geschützt?"

Anak wischte sich mit der flachen Hand Wassertropfen vom Gesicht, die sich aus seinen Haaren gelöst hatten. Er schlenkerte die Hand und spritzte auf Ahanais frisch gewaschene Wäsche. Zum Glück sah sie es nicht. „Natürlich haben wir das. Glaubst du, wir lassen diese Fischer einen ganzen Schwarm Blauflossenthun ernten? Nie im Leben würde ich tatenlos zusehen, wie diese raffgierigen Geier den Thunfisch absammeln. Denen ist ein Gewinn von mehreren Millionen durch die Lappen gegangen, außerdem ist das Netz total kaputt. Geschieht denen recht."

„Naja", musste Palu zugeben, „mit einer Anzeige hätten wir eh nichts erreicht."

„Die Strafen zahlen die aus der Portokasse", wischte Anak diese Idee zur Seite. „Die werden in den Gewinn eingerechnet und das Schlachten geht weiter. Nein, es hilft den Fischen nur, wenn das Netz kaputtgeht und die Mannschaft erst nach neuem Equipment gucken muss. Immerhin", fügte er hinzu, „war es ein Netz und keine Langleine mit Haken. Die Haken von der letzten Aktion sind wir bisher nicht losgeworden. Weißt du noch?"

Natürlich erinnerte Palu sich an die Langleine, mit der dieser illegale Fischerkahn vor einigen Jahren gefischt hatte. An einem mehrere Kilometer langen Nylonseil hingen in regelmäßigen Abständen große Haken, um Haie zu fangen. Es war illegal auf Haie zu fischen, trotzdem taten es diese Fischer. Einige Haie pro Fischer lösten viele finanzielle Probleme, denn für Haiflossen wurde in Asien eine Menge Geld bezahlt. In den Gewässern der Motu allerdings war das Fischen unmöglich. Die Motu kamen und zerschnitten die Langleine in kleine, handliche Stücke, die sie an Land brachten und für weitere Verwendung aufsparten. Die Haken, die an der Langleine hingen, rosteten in einer Kiste vor sich hin. Niemandem war bisher eine Idee gekommen, was damit anzufangen sein konnte. Mashas Kunstprojekt, aus den Haken eine Skulptur in Form eines toten Fisches zu machen, wurde abgelehnt. „Wir haben schon drei deiner Skulpturen herumstehen", sagte Ahanai. „Das ist genug. Alle weiteren Projekte solltest du irgendwo anders aufstellen."

Ab und zu reiste Masha für einige Wochen nach Asien oder Amerika, um dort ihre Skulpturen auszustellen und zu verkaufen, allerdings war die Fisch-Haken-Skulptur bisher wegen strenger Zollvorschriften und Waffengesetze nicht umgesetzt worden. „Waffen!", stellte Masha zornig fest. „Diese Haken fallen unter das Waffengesetz! Man darf damit keine Kunst machen, sondern nur die Meere leerfischen."

Also lag eine Kiste hochgefährlicher Waffen auf Motu herum.

„Ist von dem Seil viel übrig?", wollte Palu wissen.

„Ein bisschen", sagte Anak, der in der Sonne schnell trocknete. Er wrang seine Shorts aus, damit sie lockerer fielen. „Hundert, hundertfünfzig Meter."

„Was ist aus dem Rest geworden? Das waren fast zwanzig Kilometer. Unglaublich, mit welchen Leinen die Fischer auf die Jagd gehen."

„Kletterhilfen für das Obst und Gemüse", sagte Anak. „Die halten länger als die üblichen Drähte und Schnüre und sie tragen mehr Gewicht. Oben in den Bergen haben wir einige Bäume damit umwickelt, damit die Kletterpflanzen besser Halt finden. Ach ja, und Dojo hat damit sein Floß gebaut."

Dojo war ein Forscher und Entdecker durch und durch. Er hatte einen Lehrauftrag an einer Universität in Kalifornien und sein Spezialgebiet war die Besiedlung Australiens von der Südsee aus. Ständig baute er Flöße und Boote, mit denen er und seine Studenten übers offene Meer segelten. Sie bewiesen damit die Seetüchtigkeit der Boote, die die Urmenschen vor vielen tausend Jahren gebaut hatten. Er war der Meinung, Amerika wäre von Westen aus erkundet und besiedelt worden, aber mit dieser Meinung eckte er immer wieder an. Gewöhnlich waren seine Boote und Flöße mit Naturmaterialien gemacht, nur manchmal griff er auf Schnüre moderner Machart zurück. „Schnüre und Seile aus Pflanzenfasern sind möglich", sagte er, „aber aufwändig in der Herstellung. Nylon ist verdammt stabil und überall zu haben."

Also musste die Crew der Yacht sich mit dem Tauchboot beschäftigen und damit, wie die Schraube wieder flottgemacht werden konnte. In der Abenddämmerung stapfte Kattha wutentbrannt über den Steg und schleuderte beim Betreten des Strandes mit dem Schuh Sand auf. „Das macht ihr mit Absicht!", brüllte sie. „Saboteure! Verdammte Hackfressen!" Sie servierte ein arges Schimpfwort nach dem anderen und lockte damit fast die gesamte Bevölkerung Motus an den Strand. Ein paar Motu blieben im Dorf. „Ich habe genügend Westler in meinem Leben gesehen", seufzte die alte Kmai. „Ich bin nicht scharf darauf, ein weiteres weißes Gesicht zu sehen. Außerdem tragen mich meine Beine nicht mehr." Andere mussten sich ums Essen kümmern, die Kinder hüten oder wichtige Telefonate führen. Nein, nicht jede Motu ließ sich an den Strand locken. Ahanai begann etwas zu suchen. „Geh voraus", sagte sie zu Palu. „Ich komme gleich nach."

Kapitel 4

Ein ähnliches Gespräch hatte Ahanai mit Kattha geführt, kurz bevor sie erschossen wurde. Palu wusste nicht, was genau die beiden besprochen hatten. Es war nicht ihre Sache, sich in die Angelegenheiten der Dorfchefin einzumischen.

Es kam zu einem Streit, der schwer zu übersehen und vor allem unmöglich zu überhören war. Kattha und Ahanai schrien einander an, Kattha wurde geschubst. Die eine lamentierte über die Borniertheit und Verstocktheit der anderen, die andere schimpfte über Blödheit, Anmaßung und Einmischung. Ahanai schüttelte heftig den Kopf und machte eine Geste, die sehr obszön war. Daraufhin stampfte Kattha mit dem Fuß, Ahanai drehte sich um und entfernte sich einige Schritte. Ein Schuss knallte. Kattha hatte Ahanai in den Rücken geschossen und damit es wirklich keine Missverständnisse gab, verpasste sie ihr einen zweiten Schuss direkt in den Kopf.

Zum ersten Mal sah Palu einen Mord mit eigenen Augen. Sie hatte Patienten sterben sehen, die von Terroristen angeschossen oder mit Messern attackiert wurden. Sie hatte Unfallopfer gesehen, die durch die Wucht des Aufpralls in zwei Teile zerrissen waren, Menschen, die durch den Aufprall aus großer Höhe flach wie eine Flunder waren, weil alle Knochen zermatscht waren. Bei einem Flugzeugabsturz hatte man sie zu Hilfe geholt, um die menschlichen Überreste zu bergen. Einen Mord hatte sie mit eigenen Augen nie gesehen. Zwei Schüsse von hinten. Der Schuss in den Rücken, das stellte Palu bei ihrer späteren Untersuchung fest, war nicht tödlich. Er verfehlte alle wichtigen inneren Organe und trat sogar am Bauch wieder heraus. Der Blutverlust war enorm, trotzdem hätte Ahanai überleben können, wenn nicht eine Kugel ihr Gehirn vollkommen zerfetzt hätte. Beim Austritt wurde der obere Teil des Schädelknochens weggeschleudert und das halbe Gesicht fehlte. Augen und Nase waren futsch, vom Mund eine Fratze übrig. Ahanai war tot, ehe sie es wusste. In der einen Sekunde stritt sie sich, in der anderen war ihr Leben vorbei.

Als Palu Ahanai zusammen mit zwei anderen Frauen auf das letzte Kanu bettete, verdeckte sie mit einem Tuch den zerfetzten Kopf.

„Was ist das?", hatte Ahanai vier Wochen zuvor von ihr wissen wollen. „Du bist Ärztin. Warum bin ich ständig kurzatmig und völlig außer Puste? Ich kann nicht einmal zum Strand laufen, ohne fix und fertig zu sein. Und wenn ich mit… Du weißt schon." Sie druckste etwas herum. „Ich kann nicht mehr oben sein, das ist total doof. Außerdem habe ich oft fürchterliche Kopfschmerzen."

„Dein Herz", sagte Palu nach der Diagnose. „Dein Herz ist extrem schwach und kann die nötige Leistung nicht mehr erbringen. Die Kammern sind extrem vergrößert, wodurch weitere Leistung verloren geht. Du leidest unter derselben Erkrankung wie viele Motu, die ihr Leben lang im Wasser gelebt haben."

„Das dachte ich mir." Ahanai machte einen tiefen Atemzug, der von einem kaum hörbaren Pfeifen begleitet war. „Ich habe lange Jahre viel naturbelassenes Kraut geraucht und da waren keine Filter eingebaut. Wenn ich unterwegs war, habe ich weder auf gesunde Ernährung noch irgendwie sonst auf meine Gesundheit geachtet. Einmal habe ich zwei Wochen ausschließlich von Burgern und Fritten gelebt, ein andermal war ich dauerbesoffen. Mit dem Alter bin ich ruhiger geworden, was das Tauchen angeht, aber ich habe immer noch unglaublich gern und viel Sex unter Wasser. Kein Wunder, wenn das Herz schlappmacht und das Gehirn wahnsinnig dabei wird. Werde ich die Regenzeit überleben?"

Palu schätzte die Zeit ab. „Das wären vier Monate." Sie machte sich die Antwort nicht leicht und sortierte ihre medizinischen Instrumente. „Dein Herz ist wirklich nicht gut beisammen. Es könnte jeden Moment zu einem Infarkt kommen. Genauso könntest du noch Jahre leben. Aufregung solltest du vermeiden, ebenso Anstrengung. Ich werde dir Medikamente geben, die dein Herz unterstützen."

„Braucht es nicht", winkte die Dorfchefin ab. „Ich hatte ein verdammt geiles Leben und ich will nicht die letzten Wochen oder Monate nur mit halbem Vollgas fahren."

Sie starb nicht am Herzinfarkt, sondern an einer Kugel. Zum ersten Mal seit es Aufzeichnungen gab, wurde eine Motu auf Motu erschossen. Manchmal war in der Vergangenheit ein Konflikt eskaliert und es gab einen Toten, der erwürgt oder erschlagen wurde, einmal war sogar jemand ertränkt worden, um es wie einen Unfall aussehen zu lassen. Einen Todesfall durch Schusswaffengebrauch hatte es nie gegeben.

Palu hing an ihrem Leben, obwohl es im Moment von großen Problemen geprägt war. Sie wollte nicht die nächste sein, die durch Katthas Revolver starb.

„Wie soll das gehen?", fragte Palu mit sanfter Stimme.

„Fünftausend Meter tief. Drei Stunden und vierzehn Minuten. Ein Fehler in der Technik scheint mir wesentlich wahrscheinlicher." Sie lachte gezwungen heiter. „Warum überhaupt hat ein Satellit eine unbedeutende Insel derart lange im Fokus? Normalerweise ziehen Satelliten über einen Flecken Erde hinweg, ohne sich lange darum zu kümmern." Palu fiel ein, wie sie zum ersten Mal Motu auf Google Earth gesucht hatte. „Eigentlich machen Satelliten unscharfe Aufnahmen von unserer Insel. Es ist eben ein kleines Eiland, das sehr weit weg von der Zivilisation liegt. Wir brauchen zur nächsten Insel siebzehn Stunden mit dem Boot, zwölf, wenn wir Vollgas fahren. Nach Australien brauchen wir fünf Tage, da fahren wir immer volle Kanne."

„Ich weiß, ich weiß." Kattha fächelte sich mit ihrer flachen Hand Luft zu, obwohl ein Wind wehte, der weit über eine sanfte Brise hinausging. „Jeder Faktor für sich allein hätte mich niemals aufmerksam gemacht. Wie gesagt, es war die Summe meiner Rechnung." Plötzlich war alle Heiterkeit aus ihrer Stimme weg. „Wer war der Mann im Video? Sage mir, kleine Inselfrau, wer es war. Ich will es wissen. Ich muss es wissen." Ihre himmelblauen Augen wirkten so zart und liebevoll, wenn man die harten Züge darum herum ausblenden konnte. Ihre Mundwinkel waren verkniffen, ihre knallrot geschminkten Lippen wirkten wie blutig aufgebissenes Fleisch. „Sonst", drohte sie kaum hörbar, „seid ihr bald alle tot."

Der Mann im Video. Palu hatte ihn gesehen und die dunklen Badeshorts bemerkt. Es gab mehrere dunkle Badeshorts auf der Insel und insgesamt drei Männer, die sie zum Tauchen und Schwimmen trugen. Drei Männer, die einander ähnlich in der Statur waren. Groß, kräftig, breite Schultern, enormer Brustkorb. Hochgewachsene Männer hatten eine bessere Chance auf die Mutation. Vielleicht, überlegte Palu, war die Mutation an ein Gen gekoppelt, das mit der Körpergröße bei Männern zusammenhing. Bei den Frauen und Mädchen machte die Größe keinen Unterschied.

Einer der drei war auf dem Video zu sehen. Welcher? Sie alle hatten schwarzes Haar, gebräunte Haut und überdurchschnittlich lange Beine. Durchs Wasser stieß ein Kopf, der von oben zu sehen war. Schwarzes Haar. Das war nicht genug, um einen Mann zu identifizieren in einem Volk, das durchweg schwarzhaarige Menschen hervorbrachte.

Im Grunde war es völlig egal, welchen Mann sie nannte. Jeder konnte tauchen und schwimmen und es hätte jeder der drei sein können. Kattha war nicht an der Person interessiert, sondern ausschließlich an den Fähigkeiten.

„Wer ist es?", bohrte sie nach. „Sag es mir."

„Ich weiß es nicht", flüsterte Palu mit hochgezogenen Schultern. „Ich kann ihn nicht erkennen."

„Okay", flüsterte Kattha zurück. „Ich fürchte, ich werde mir alle Männer auf dieser beschissenen Insel genau anschauen müssen. Alle schwarzhaarigen, gut gebauten, großen, kräftigen Männer."

Man schaute mit den Augen, das hatte Palu von ihrer Mutter gelernt, nicht mit den Händen. Mit der Waffe schon gleich gar nicht, wie Kattha es zu tun pflegte. Sie erschien im Dorf, es war früher Morgen und die Sonne gerade aufgegangen, und klopfte mit dem Griff ihres Revolvers gegen die erstbeste Tür.

„Raus aus den Federn. Ab sofort wird hier früh angefangen mit der Arbeit. Von Sonnenaufgang bis Sonnenuntergang gibt es jede Menge zu tun."

Verschlafen tauchte Danis Gesicht in der Tür auf. Er rieb sich die Augen. „Was ist?"

Kattha glich seine Statur und vor allem seine Glatze mit einem schnellen Blick ab. „Leg dich wieder schlafen. Du bist nicht der Mann vom Video." Damit schritt sie zur nächsten Hütte und klopfte dort an die Tür. Hinter ihr machte Maria Notizen auf dem Tablet.

Eine halbe Stunde später waren alle Dorfbewohner wach. Wer nicht aus dem Schlaf geklopft worden war, hatte durch den Lärm, der zwangsläufig entstand, nicht mehr zur Ruhe gefunden. Einige Frauen versuchten sich bei Kattha zu beschweren, allerdings genügte ein Wedeln mit dem Revolver, um sie zum Schweigen zu bringen.

„Das können Sie nicht machen!", brauste Ahanai hingegen auf. Damals lebte sie noch. „Sie kommen ohne Vorwarnung hierher, betreten unsere Insel, ankern in unserem Gewässer und bedrohen uns mit einer Waffe. Das ist eine bodenlose Frechheit! Eine Unverschämtheit! Scheren Sie sich zurück dorthin, wo Sie hergekommen sind. Wir legen keinen Wert auf Ihre Gesellschaft."

Ahanai hätte wissen müssen, wie wenig diskussionsbereit Kattha war. Die Antwort war ein Schlag gegen den Kopf. Kattha holte aus und verpasste Ahanai eine große Beule oberhalb der linken Schläfe. Die Dorfchefin war für mehrere Minuten bewusstlos und diese Zeit genügte Kattha, um Filopi mit sich zur Plattform zu nehmen.

„Tauchen", befahl sie ihm. „So tief und so lange wie möglich."
Cathay klebte ihm einige Sensoren an die Brust und die Stirn
und schickte ihn mit einer Kopfbewegung ins Wasser.

Filopi sah mit dem Sensor vor dem Gesicht wie ein
Anglerfisch aus. Er hüpfte von der Plattform und ging sofort
unter. Er tauchte sechs, sieben Meter tief und blieb fast eine
Minute unten. Kattha und Cathay überwachten den
Tauchgang und zeigten sich mit jeder Sekunde
unzufriedener.

„Die wollen mich verarschen", murmelte Kattha. „Soll das ein
Witz sein? Sieben Meter zwanzig. Sieben Meter zwanzig
schafft ein Grundschüler mit Schwimmflügeln."

Filopis Kopf tauchte zwischen den Wellen auf. Er strich sich
das Wasser vom Gesicht und sah Katthas wütenden Blick auf
sich gerichtet. „Tiefer."

Er tauchte ab. Für eine Sekunde waren seine Füße zu sehen,
bevor er senkrecht nach unten sank. Über dem Meer stieg die
Sonne höher und brachte die zarten Wellenkämme zum
Glitzern. In der Ferne drehten Delfine eine Runde.
Wahrscheinlich würden sie näherkommen, denn Delfine
kamen meistens, wenn nahe am Riff getaucht wurde.
Vielleicht fiel ein Fisch ab oder es bot sich eine Gelegenheit
zum Spielen.

Beim nächsten Auftauchen sah Filopi sich dem Revolver
gegenüber. Kattha sprach kein Wort. Sie starrte ihn an, die
Zähne zusammengebissen, die Kiefer völlig verkrampft. Ein
leichter Wink ihrer Hand ließ den Revolver eine Schleife
drehen. „Wenn du beim nächsten Mal auftauchst und ich
nicht glücklich bin mit dem Ergebnis, brauchst du keine Luft

zu holen. Ich werde dich erschießen, sobald ich den Haaransatz im Wasser erkennen kann." Filopi tauchte wieder ab.

Diesmal kam er nicht zurück an die Oberfläche. Nach einigen Sekunden fischte eine Wächterin einen seiner Sensoren aus dem Wasser und Kattha brach in wütendes Gebrüll aus. Sie schleuderte das Getränk, das sie in der Hand hielt, mit voller Wucht auf die Plattform, und fegte den Laptop mit einer Armbewegung von seinem kleinen Tischchen. Maria flitzte umher, um die Scherben und den Laptop aufzusammeln und duckte sich gleichzeitig unter den Hieben und Tritten ihrer Chefin weg.

„Wo ist er?", brüllte Kattha. „Wohin ist er verschwunden, verdammte Scheiße nochmal! Findet ihn!" Rasend vor Wut packte sie den Sonnenschirm und nutzte ihn wie eine Stechwaffe. „Kimi! Sofort ins Boot mit Ihnen! Was stehen Sie so sinnlos an der Reling, wo ich Sie im Tauchboot unter Wasser brauche!"

Kimi hob die Arme auseinander. „Gestern sagten Sie mir, ich hätte einen freien Tag. Ich habe die halbe Nacht das Tauchboot repariert."

„Niemand hat freie Tage!" Katthas Stimme überschlug sich. „Packen Sie Ihren verdammten Arsch ins Tauchboot und suchen Sie nach diesem Inselaffen! Finden Sie ihn!"

Obwohl Kimi sich beeilte, dauerte es fast zwanzig Minuten, ehe das Tauchboot unter der Wasseroberfläche verschwunden war. Der Lichtkegel des Scheinwerfers war zu sehen, wie er die Dunkelheit durchschnitt und nach Filopi suchte.

Das Tauchboot war langsam und schwerfällig. Es konnte sehr gut auf Tiefe tauchen und stationäre Dinge untersuchen, aber es war nicht dazu geeignet, jemandem hinterher zu tauchen. Kimi versuchte es. Sie gab Vollgas, leichte Wellen waren auf der Wasseroberfläche zu erkennen. Trotzdem, das erkannte Palu ohne Schwierigkeiten, war Filopi längst weg. Seine Spur, die für das geübte Auge kinderleicht zu verfolgen war, führte hinter die Wellenbrecher an Squid's Point und von dort weiter Richtung Osten. Wahrscheinlich würde er auf der anderen Seite der Insel aus dem Wasser steigen und zurück ins Dorf gehen. Schlauer und sicherer wäre es, dachte Palu, er würde die Insel verlassen und Kattha aus dem Weg bleiben.

Kapitel 5

Insgesamt fischten die Leute fünf Sensoren aus dem Wasser, die alle an Filopi geklebt hatten. Den ersten Sensor bestaunten die Wächterinnen wie eine große Besonderheit, vor den übrigen vier Sensoren mussten sie sich ducken, denn Kattha schleuderte sie wutentbrannt um sich. Maria bekam einen ins Auge, ohne sich zu verletzen. Sie rieb sich das Gesicht, bis der Schrecken vorbei war.

„Findet ihn!", brüllte Kattha aus Leibeskräften, wobei ihre Stimme rau und krächzend wurde. Sie überschlug sich beinahe, wie bei einer alten Musikbox, wenn die Technik mit dem Bass nicht mithalten konnte. Es fehlte nicht viel, dann hätte diese unbändige Wut Kattha zerquetscht, ebenso wie sie den Sensor mit der Hand zerpresste, der sich mit dem Kabel um ihren Unterarm verwickelt hatte. Sie hämmerte mit der Faust darauf, sie hieb mit Schlägen auf ihn ein, bis der Sensor in eine zerfetzte klebrige Unterlage und piekende Drähte verwandelt war.

„Wir finden ihn", beschloss Cathay. Sie scheuchte ihre Leute mit klatschenden Handbewegungen auseinander. „Sucht die Insel ab. Fragt im Dorf nach. Geht am Strand entlang. Behaltet das Meer im Auge. Er muss irgendwo stecken. Durchsucht die Häuser im Dorf. In welchem Haus wohnt er?" Als sekundenlang keine Reaktion kam, stupste Cathay Maria an den Arm. „Maria, in welchem Haus wohnt dieser Affe?"

Maria wischte hektisch auf dem Tablet herum. Ihre Augen flogen hin und her, während sie die Fotos durchsuchte, die sie von allen vierunddreißig anwesenden Dorfbewohnern gemacht hatte. „Das vierte Haus auf der linken Seite, das mit dem kümmerlichen Zitronenbäumchen vor der Tür."

Cathay nickte knapp. „Sucht in jedem Haus. Die Bande gewährt sich gegenseitig Unterschlupf."

So geschäftig Cathay auch war, Katthas Wut verrauchte nicht. Sie hatte einen Absatz ihrer Highheels abgebrochen, so sehr war sie mit dem Fuß aufgestampft. „Findet ihn! Und wenn ich ihn habe, werde ich ihm die Haut vom Leib ziehen und eine Tauchglocke daraus machen!"

Eine leise Melodie bahnte sich den Weg über die Plattform. Palu konnte sie ganz genau hören, obwohl ihr die Ohren von Katthas Geschrei klingelten. Sie suchte nach der Ursache und fand im nächsten Moment Maria mit einem Smartphone am Ohr am Rand der schwimmenden Pontons stehen. Sie nickte eifrig ins Telefon hinein und verbeugte sich immer wieder. „Ja, Madame. Natürlich, Madame. Einen Moment, bitte, Madame." Kurze Pause. „Madame, das haben Sie mir mehrmals angeboten. Ich bin Ihnen über alles dankbar, sehr dankbar. Ja, Madame. Vielen Dank, Madame." Mit der Hand über dem Smartphone tippelte sie in kleinen Schritten auf Kattha zu, die knurrend das Kabel der Laptopmaus drehte und bog. „Doktor, es ist Madame Georgeone."

„Was zur Hölle!", stieß Kattha aus und bei jeder Silbe wurde ihre aufgebrachte Stimme gebändigter und leiser und ruhiger. Sie kickte ihren kaputten Schuh vom Fuß und legte die Maus zurück neben den Laptop, ehe sie die Hand streckte und das Smartphone nahm. Den anderen auf der Plattform warf sie einen bösen Blick zu. „Ruhe, ich telefoniere." Sie hielt sich das Smartphone ans Ohr. „Madame Georgeone, Ihr Anruf ist eine unerwartete Überraschung."

Palu hätte viel darum gegeben, auch das zu hören, was diese Madame Georgeone sprach. Leider war das Smartphone zu leise eingestellt, sie verstand nichts. Manchmal hörte sie eine Stimme, aus der sich keine Informationen ableiten ließen. Ob die Madame schrie oder flüsterte, ob sie aufgebracht oder heiter war, nichts ließ sich erschließen.

Es war verblüffend, wie still es plötzlich auf der Plattform und rund um die Yacht war. Die Wächterinnen schienen den Atem anzuhalten, Maria wagte sich nicht zu bewegen, Cathay schlich auf Zehenspitzen umher und schickte ihre Leute im Flüsterton zur Insel, um Filopi zu suchen. Ihre Fingerzeige waren am deutlichsten zu verstehen, ganz im Gegensatz zu ihren Worten.

„Wir sind seit mittlerweile drei Tagen auf Motu. Wir sind mit diesem heftigen Gewitter angekommen", sagte Kattha. „Madame Georgeone, Sie machen sich keinen Begriff davon, wie heftig dieses Gewitter tobte. Etwas in ähnlichem Ausmaß hat man hier nie zuvor erlebt. Das ist der Klimawandel, ohne Zweifel." Sie stand aufrecht als hätte sie einen Besen verschluckt. „Ach, Sie tracken uns?" Unwillkürlich ruckte ihr Kopf in den Nacken und ihre Augen suchten den Himmel nach dem Satelliten ab, der jede ihrer Bewegungen verfolgte. „Gewiss, gewiss. Das war zu erwarten. Nein, nein, das ist Ihr gutes Recht. Das überrascht mich keineswegs. Ich bitte Sie, Madame, eine Dame von Welt wie Sie es sind."

Wenn das so weiterging, musste Palu glatt aufpassen, um auf dieser verbalen Schleimspur nicht auszurutschen. Sie machte einen Schritt rückwärts.

„Bedauerlicherweise nicht, Madame." Kattha drehte sich im Kreis und ließ dabei die Augen über Motu zu Palu gleiten. „Das Inselvolk, Madame, ist sehr unkooperativ. Ich musste mit großem Einsatz nachdrücklich verhandeln, um überhaupt ein kleines Entgegenkommen zu erreichen."

Vier tote Kinder. Ahanai. Nachdrückliche Verhandlungen stellte Palu sich anders vor. Sie hielt Katthas Blick stand und guckte nicht weg wie jemand, der Angst hatte oder etwas zu verbergen.

„Die neue Inselchefin", fuhr Kattha fort, „scheint etwas aufgeschlossener zu sein. Ich hoffe, bald gute Ergebnisse liefern zu können." Eine Weile schwieg sie, ehe sie fortfuhr: „Nein, Madame, ich denke, mit monetären Angeboten ist hier nichts zu erreichen. Diese Leute haben Geld wie Sand am Meer und hier liegt sehr viel Sand am Meer." Sie sah sich zu einem hüstelnden Lachen gezwungen. „Madame, in der Lage dieser Menschen, die von ihrer Insel wegmüssen, um den Reichtum genießen zu können, wirkt Geld nicht als Lockmittel. Nein, ich denke nicht, Madame." Erneut gab es eine kurze Pause, nach der Kattha sich schließlich augenrollend an Palu wandte: „Madame Georgeone lässt fragen, ob eure Mithilfe mit einem Betrag von sagen wir mal einer…" Aus dem Telefon klang nun eine herrische Stimme. „Verstehe", kniff Kattha die Augen zusammen. „Madame Georgeone lässt fragen, ob eure Mithilfe mit einem Betrag von zehn Millionen Dollar erreicht werden kann." Sie schüttelte den Kopf ins Telefon hinein. „Mit Verlaub, Madame…"

Palu wusste, wie der Betrag von zehn Millionen auf einem Kontoauszug wirkte. Sie behielt deshalb völlig gelassen die

Daumen in die hinteren Taschen ihrer Shorts eingehängt.
„Mithilfe?"

„Ja, Mithilfe." Kattha zeigte auf die Yacht, die Plattform und
das Meer. „So tief und so lange zu tauchen wie es euch
möglich ist. Den Beweis zu erbringen für den nächsten Schritt
in der menschlichen Evolution, für die Anpassung an eine
sich ändernde Umwelt, für die Zukunft der Menschheit und
den ganzen Scheiß."

„Für zehn Millionen?"

„Zehn Millionen amerikanische Dollar."

Palu begann zu lachen. Sie konnte es sich nicht verkneifen,
selbst wenn sie gewollt hätte. „Ich würde jedem von Ihnen
diesen Betrag bezahlen, wenn Sie sofort abreisen und nie
mehr wiederkommen."

„Haben Sie das gehört, Madame?", wandte sich Kattha
wieder an ihre Gesprächspartnerin. „Haben Sie diese dreiste,
freche, aufmüpfige Antwort gehört? Aufs Äußerste
subversiv." Ihre Augen bohrten sich in Palus Blicken fest,
sekundenlang, ehe sie um sich schaute, denn sie hatte das
Tuscheln bemerkt, das unter den Wächterinnen und der Crew
der Yacht ausgebrochen war. Sie zeigte mit dem Finger auf
Cathay. „Denken Sie nicht mal im Traum daran. Sie haben
einen Vertrag mit Madame Georgeone und mir geschlossen,
einen bindenden Vertrag. Wenn Sie den brechen, verklage ich
Sie auf jeden Cent dieser zehn Millionen."

Cathays Kieferknochen begannen zu mahlen und Marias
Augen wurden groß und rund. „So viel Geld", hauchte sie.
„So sehr viel Geld."

„Madame", telefonierte Kattha weiter, „ich weiß mit diesen

Leuten umzugehen. Es ist genauso wie damals im Kongo. Wenn Geschenke nicht helfen – und hier helfen sie definitiv nicht – müssen rabiatere Mittel aufgeboten werden. Ich habe keine Skrupel, dieses Pack zur Zusammenarbeit zu zwingen."

Eine Weile lauschte Kattha dieser Madame Georgeone, während sie mit Argusaugen beobachtete, welche Blicke Cathay mit der Crew tauschte.

„Nein, Madame", beschwichtigte Kattha, „es wird Sie auf keinen Fall in ein schlechtes Licht rücken, darauf achte ich. Die Kooperationsbereitschaft dieser Leute ist immens wichtig, deshalb werde ich mit dem nötigen Feingefühl hantieren. Verlassen Sie sich ganz auf mich, Madame." Der Höhenflug, den ihre Stimme und auch ihre Stimmung genommen hatte, dämpfte sich ein. Kattha ließ die Schultern sinken. „Natürlich werden Sie auf dem Laufenden gehalten. Ich kann mir auch nicht erklären, warum der abendliche Bericht nicht rausgegangen ist. Darum werde ich mich ab sofort persönlich kümmern, verlassen Sie sich ganz auf mich, Madame. Ja, Madame. Eine Ehre, Madame, eine ganz große Ehre." Tatsächlich entschlüpfte ihr keine Verbeugung, sondern bloß ein kurzes Neigen des Kopfes, ehe sie auflegte. Sofort heftete sich ihr Blick auf Maria. „Habe ich Ihnen nicht in aller Deutlichkeit aufgetragen, täglich einen Bericht an die Madame zu mailen? Einen Bericht mit den Ereignissen des Tages und eventuellen Ergebnissen?"

Maria verlor alle Farbe im Gesicht und stand plötzlich mit zitternden Händen und bebenden Lippen da. „Ich... Ich dachte... Weil nur Schlimmes..."

„Sie sollen nicht denken!", brüllte Kattha sie an und verpasste ihr eine heftige Kopfnuss mit der Faust. „Sie sollen arbeiten! Das letzte, was Sie jeden Abend tun, ist, den Bericht an die Georgeone zu schicken. Sie schreiben, was wir getan haben, was wir erreicht haben und wie es am nächsten Tag weitergehen wird. Sie schreiben nichts von irgendwelchen Toten oder Verletzten, sondern ausschließlich von lächelnden, hilfsbereiten Insulanern. Sie gaukeln der Madame eine friedliche, heile, zuckerschleckende Expedition vor und Sie erwähnen ausschließlich Tatsachen, die unser Projekt unterstützen und fördern." Bei jedem Wort hatte Kattha Maria mit dem Finger in die Brust gepiekt. „Die Madame hat eine Menge Geld in dieses Projekt gesteckt und sie wird dafür auch genau die Ergebnisse bekommen, die ich ihr versprochen habe. Ich entdecke die nächste Stufe menschlicher Evolution, ist das klar?" Mittlerweile stand Maria mit den Fersen über dem Wasser. Ein weiterer Pieks und sie würde in den Wellen landen. „Wenn Sie das nicht hinkriegen, binde ich Ihnen einen Stein an die Füße und wir werden sehen, wie tief und lange Sie tauchen können."

In Windeseile und noch während Kattha übel mit Maria schimpfte, verdrückten sich die anderen von der Plattform und machten sich auf die Suche nach Filopi. Palu sah drei Frauen den Strand entlanglaufen, weg vom Dorf. Andere rannten direkt ins Dorf, um dort nach ihm zu suchen. Hinter den Bergen, wo weitere Felder und Obstbäume standen, würden andere Ausschau halten.

Mit einem saftigen Tritt in den Hintern jagte Kattha Maria auf die Yacht zurück, nachdem sie Kimi im Tauchboot über das Ende der jetzigen Aktion informiert hatte. „Kommen Sie hoch. Der Affe ist weg. Ehe es weitergeht, müssen wir ihn finden." Ein Knacksen kam aus dem Funkgerät und Kimi meldete etwas, das Palu nicht verstand. Kattha allerdings schon und sie fluchte fürchterlich. „Wenn das verdammte Tauchboot wieder Zicken macht, müssen Sie unten bleiben. Die suchen alle nach diesem Affen, es ist niemand da, der Sie hochziehen könnte."

Kattha verließ die Plattform und kehrte an Bord der Yacht zurück. Sie blieb nicht an Deck. Bald waren ihre herrische Stimme und Marias Schluchzen aus einer der vorderen Kabinen zu hören. „Sie sind eine dämliche Pute, ein selten blödes Stück Scheiße. Ihretwegen ist die Madame ungehalten und Sie wissen ganz genau, was passiert, wenn die Madame uns jetzt den Geldhahn zudreht. Beiße nicht die Hand, die dich füttert. Wenn die Madame täglich einen Bericht haben möchte, bekommt sie täglich einen Bericht. Selbst wenn nur Nonsens oder banaler Quatsch darinsteht. Haben Sie das endlich verstanden? Ist diese Anweisung in Ihr Spatzenhirn gedrungen oder wollen Sie es schriftlich haben? So ein selten blödes Geschöpf ist mir lange nicht untergekommen. Warum zur Hölle habe ich Sie überhaupt eingestellt? Sagen Sie nichts. Keine Ihrer lächerlichen Erklärungen ist es wert, näher darüber nachzudenken. Holen Sie mir einen Cappuccino. Extra stark. Mit extra Milchschaum."

Die Tür war zu hören, wie sie ins Schloss fiel und Katthas Stimme dämpfte: „Wenn ich nur halb so reich wie diese Affen wäre, könnte mich die Madame kreuzweise am Arsch lecken. Ich wäre nicht angewiesen auf das Wohlwollen einer alten, faltigen, aufgeblasenen, dämlichen Tante. Die Yacht, das

Boot, die Leute, alles könnte ich mir selbst kaufen, ohne vorher um jeden Cent buckeln zu müssen. Einer dieser Diamanten würde reichen, eine Handvoll würde alle Probleme lösen und die Madame dürfte bei mir um eine Audienz anfragen."

„Pst."

Palu spitzte die Ohren. Sie war allein auf der Plattform und drehte sich zu dem Geräusch um. Hinter ihr war Filopis Kopf knapp über den Wellen erschienen. Er hing mit einer Hand an der Plattform und bewegte sich kaum.

„Die suchen dich", flüsterte Palu. Sie wollte niemanden auf sich aufmerksam machen.

„Die können lange suchen", entgegnete Filopi. „Ich schwimme nach Pohnpei und warte dort ab, bis die Lage sich beruhigt hat."

„Ich weiß nicht, wann das sein wird." Palu sah die Fremden auf ihrer Insel herumlaufen und suchen, hektisch, wie wild geworden, unruhig, störend. „Die werden nicht sehr bald abreisen, fürchte ich."

„Ich habe mein Handy dabei", sagte Filopi. „Sobald ich in Pohnpei bin, schreibe ich. Ihr könnt mir sagen, wenn diese Hexe weg ist."

„Okay." Palu nickte leicht. „Pass auf dich auf."

„Um mich ist das Meer, die Gefahr besteht für euch wesentlich mehr." Er tauchte kurz unter, damit sein Gesicht wieder nass war. „Diese Frau geht über Leichen, Palu. Über die Leichen von uns allen. Ihr solltet abhauen und sie allein hier zurücklassen. Soll sie gucken, wie weit sie kommt."

„Die Kanus sind nicht fürs offene Meer gemacht und die

Kinder können nicht tauchen", sagte Palu. „Zurücklassen geht auf keinen Fall. Niemals würden wir die Kinder zurücklassen."

Filopi nickte. „Unser Schnellboot kann frühestens in zehn Tagen zurücksein. Da bin ich schneller. Ich miete ein Boot und komme euch holen, sobald ich in Pohnpei bin."

Palu erschrak heftig, als sie plötzlich eine Hand an ihrer Schulter spürte. Es war die Kapitänin der Yacht. „Hast du das ernst gemeint?", fragte sie. „Würdest du jedem von uns zehn Millionen amerikanische Dollar bezahlen, wenn wir gehen?"

Palu brauchte nicht nachzudenken. „Natürlich. Sofort."

Die Kapitänin kratzte sich am Kinn. Die Uniform, die sie trug, war abgewetzt und an der Innenseite der Beine beinahe durchgescheuert. Sie schien sie zu tragen, seit sie ihr Kapitänspatent bekommen hatte. Im Lauf der Zeit war ihr das weiße Hemd zu eng geworden, es spannte um die Schultern, und die Hose brauchte keinen Gürtel. Ihre Schuhe glänzten unter sehr viel Schuhcreme, was nicht verdeckte, wie alt sie waren.

„Wir sind zu siebt", sagte sie. „Wir könnten uns sofort mit dem Beiboot absetzen. Bis Pohnpei hält das kleine Ding sicher durch." Sie schaute zu Filopi. „Wir können dich mitnehmen."

Palu war sofort einverstanden. „Filopi, du fährst mit ihnen. In Pohnpei besorgst du jedem der Crew ein Konto mit zehn Millionen."

„Okay", stimmte Filopi zu. „Gleich danach komme ich hierher zurück und hole euch ab."

Kapitel 6

Fünf Tage bis Australien und genauso lang dauerte die Rückfahrt. Dazwischen lagen meistens einige Tage Aufenthalt, in denen das Boot beladen wurde mit Dingen, die auf Motu gebraucht wurden. Der Aufenthalt war die einzige Gelegenheit, um mit den Motu, die das Boot fuhren, Kontakt aufzunehmen. Auf dem offenen Meer gab es keine Funkverbindung und keinen Handyempfang, dazu waren die Distanzen zu groß. Früher hatte es ein Satellitentelefon gegeben, aber das war lange nicht benutzt worden. Niemand wusste mehr die Nummer. Bisher war das nicht weiter schlimm. Wer sich nach Australien verabschiedete, war fünf Tage lang nicht erreichbar, bis er oder sie sich aus dem Hafen meldete. In Hervey Bay gab es überall Internet, in das man sich mit dem Smartphone einloggen konnte.

„In Hervey Bay", sagte Palu, „wird man ihr nicht helfen können, ihr braucht ein spezialisiertes Krankenhaus. Ihr könnt einen Flieger chartern und sie nach Darwin oder Melbourne bringen lassen, damit sie dort behandelt wird. Vielleicht kümmert sich auch das Krankenhaus um den Transport. Habt ihr die Kreditkarten dabei?"

Es war ein hektischer Aufbruch. Binnen Minuten mussten Kiku und Donatella alles zusammenpacken. Kleidung für mehrere Wochen, die Papiere, die Kreditkarten, die Nachweise für die Registrierung des Bootes. Es gab immer viel Papierkram, der in diesem Fall am besten während der Fahrt nach Hervey Bay erledigt wurde. Donatella hatte genügend Geduld, um die Bürokratie zu meistern, während

Kiku sich um die Verletzte kümmerte.

„Tiefer!" Es war das Wort, das Kattha am meisten benutzte. Sie gab es in allen Lautstärken und Tonfällen von sich, die man sich vorstellen konnte. Meistens sehr laut und sehr herrisch und wütend. Selbst ein Motu, der ihre Sprache nicht verstanden hätte, wäre in Nullkommanichts dahintergekommen, was dieses Wort bedeutete. „Tiefer", verlangte Kattha. Niemals zu essen oder zu trinken oder Informationen über die Insel und ihre Bewohner. „Tiefer."

Zarah presste ihre kleine Schwester, die ein nur wenige Tage alter Säugling war, an ihre Brust. Die Mutter war im Wald, um Früchte für das Essen zu holen. Niemand rechnete jetzt, kurz vor Einbruch der Dunkelheit, mit Katthas Erscheinen im Dorf. Sie dirigierte Zarah zur Plattform und der Teenager gehorchte weinend. Mit beiden Armen fest umschlossen hielt sie das Baby, während ihre Schritte zögernd über den schwimmenden Steg zur Plattform gelenkt wurden.

„Es besteht kein Grund Angst zu haben." Ebenso hätte ein Säbelzahntiger seinen Hang zum Vegetarismus beschwören können. „Wenn du tust, was ich sage, wird niemandem ein Leid geschehen." Die größten Katastrophen waren durch solche Worte ausgelöst worden.

Das Weggehen Katthas mit dem Teenager und dem Baby war nicht unbemerkt passiert. Im Dorf achtete man aufeinander und Katthas Erscheinen ließ alle aufmerksam werden.

„Was haben Sie vor?", wollte Faha wissen. Sie hielt locker Schritt mit Zarah und Kattha, tänzelte neben den beiden her und bohrte nach: „Warum zur Plattform? Das ist ein Baby. Babys können nicht schwimmen oder tauchen."

„Babys können sehr wohl tauchen", wusste Kattha. „Wenn man Neugeborene unter Wasser zieht, halten sie automatisch die Luft an und verschließen die Luftröhre. Sie reißen die Augen auf, strecken Ärmchen und Beinchen von sich und bringen den Körper in eine Position, in der er schwebend im Wasser steht. Ich habe das selbst in einem Schwimmbad gesehen, als eine Gruppe Mütter mit ihren Kleinen beim Babyschwimmen war. Es funktioniert immer."

„Aber…" Faha kannten diesen Reflex natürlich. Sie strauchelte und ruderte mit den Armen. „Aber bewusst tauchen können Babys nicht. Das Bewusstsein von Babys ist nicht dafür ausgelegt, den Wünschen eines anderen Menschen nachzugeben. Babys folgen ausschließlich ihren eigenen Wünschen und Bedürfnissen, deshalb wird kein Baby der Welt besonders tief tauchen."

„Korrekt", stimmte Kattha ihr zu.

„Sehen Sie", sagte Faha mit einem Anflug von Hoffnung in der Stimme.

„Deshalb", fuhr Kattha fort, „wird die große Schwester des Babys tauchen. Sie hat ein Bewusstsein, sie kann Entscheidungen treffen und Konsequenzen abschätzen. Sie wird tauchen, sehr tief tauchen."

Ein neues Argument musste her, das Faha blitzschnell fand: „Unter Wasser ist es dunkel, man sieht die Hand vor Augen nicht. Hier an Land mag es dämmern, unter Wasser ist die Nacht bereits hereingebrochen."

„Wir haben leistungsstarke Scheinwerfer an Bord des Tauchbootes. Das Licht ist kein Problem." Mit einem Augenrollen fügte Kattha murmelnd hinzu: „Sofern Kimi das

Tauchboot flottgekriegt hat. Irgendwie funktioniert das Drecksding überhaupt nicht zuverlässig."

Faha hatte einen neuen Grund gefunden, um das Vorhaben zu einem Stillstand zu bringen. „Die Haie", gab sie zu bedenken. „Tagsüber dümpeln sie desinteressiert vor sich hin. Mit Einbruch der Dämmerung gehen sie auf Beutefang. Es ist gefährlich, sich während der Nacht zwischen die Haie zu wagen."

„Mach dich nicht lächerlich", schnappte Kattha trocken. „Das sind Riffhaie, die nach Fischen suchen und jagen. Die tun einem Menschen nichts. Menschen stehen nicht auf der Beuteliste."

„Es gibt auch Tigerhaie", warnte Faha. „Die sind sogar tagsüber gefährlich." Sie zeigte übers Wasser. „Dort treiben sich zwei große Tigerhaie herum, die nachts besonders gefährlich sind. Tigerhaie. Wenn man nicht aufpasst, schnappen sie sogar am helllichten Tag nach einem Arm oder Bein."

Kattha blieb kurz stehen und blickte sie mit schiefgelegtem Kopf an. „Warum geht ihr überhaupt ins Wasser? Wenn die Haie ach so gefährlich sind?" Sie hob den Finger und wackelte damit dicht vor Fahas Gesicht. „Das sind alles Ausflüchte. Du versuchst mich von meinen Zielen abzuhalten und das mag ich nicht."

Mittlerweile waren eine Menge Motu gekommen, um sich in den Zank einzumischen. Wer neu dazukam, begann sofort zu sprechen. Die Dunkelheit, die Haie, man konnte nichts sehen. „Von Osten", sagte eine Stimme, „kommen schwere Gewitter auf uns zu. Ein Tauchgang wird gefährlich."

„Die Strömungen", wandte eine weitere Stimme ein. „Um diese Jahreszeit beginnen die Strömungen zu wechseln und das ist bei Nacht gefährlich. Wenn man abtreibt und die Orientierung verliert, weiß man nicht mehr, wo man sich befindet, und schwimmt in die völlig falsche Richtung."

„Es ist ja auch kein Mond zu sehen."

Tatsächlich war der Himmel schwarz, was hauptsächlich an den vielen Wolken lag, die der Vorbote des schlechten Wetters waren.

„Das Baby", drängte eine andere Stimme, „Zarah, gib mir das Baby, ich passe auf. Hier ist die Kleine nicht sicher. Gib sie mir. Ich werde sie sofort zurück ins Dorf bringen."

Zarah gab das Baby nicht her. Sie hielt das kleine Würmchen fest an die Brust gepresst und drohte es zu ersticken. Über ihr Gesicht liefen Sturzbäche an Tränen. So weit war es, Verzweiflung brach aus, wenn Kattha die Hand im Spiel hatte. Die Anspannung stieg mit jeder Sekunde und jeder Bitte, die nicht gehört wurde.

„Das erlaube ich nicht." Palu stellte sich zwischen den Rand der Plattform und Kattha und Zarah, die darauf zuhielten. „Es ist dunkel. Das ist keine Zeit, um zu tauchen. Zarah ist völlig außer sich und kann keinen klaren Gedanken fassen. Kattha, ich gestatte diesen Tauchgang nicht."

Ihr höhnisches Lachen rollte über die Plattform und die Köpfe der Motu. „Wie willst du mich aufhalten? Kleine Inselfrau."

Sie stieß Zarah den Revolver in die Seite. „Tauchen. Sofort."

Stimmen, überall Stimmen. Es war kaum ein einzelnes Wort auszumachen, so sehr plapperten alle durcheinander und bemühten sich, Kattha von ihrem Vorhaben abzubringen oder wenigstens abzulenken.

Leider war das Durcheinander auch für Palu und Zarah zu groß, um den Überblick zu behalten. Plötzlich brüllte Zarah wie am Spieß und Palu sah mit Grausen, wie das Baby von einer Wächterin gepackt und in eine Blechkiste gelegt wurde. Nicht sanft und rücksichtsvoll, wie man es mit einem Säugling tat. Es schien ihr egal, ob der Kopf hart aufschlug oder das Kind weich und bequem lag. Eine Blechkiste mit einem Deckel, der von Schnappverschlüssen gehalten wurde. Ehe Palu protestieren konnte, ehe sie überhaupt den Gedanken dazu fassen konnte, wurde die Kiste verschlossen und ins Meer geschubst. Sie ging augenblicklich unter.

Zarah stürzte mit einem Schrei hinterher. Im letzten Moment packte die Matrosin sie am Arm und riss sie vom Rand der Plattform zurück. Die Sensoren, diese unseligen Sensoren mussten an Zarahs Kopf und Brust angebracht werden. Sekunden später ließ sie Zarah los und der Teenager sprang ins Wasser. Palu wollte sie aufhalten. „Stopp, warte!" Zu spät war es. Natürlich. Zarah tat alles für die kleine Schwester und es kostete sie keine Sekunde Überwindung sich ins tiefdunkle Wasser zu stürzen und zu tauchen. Der Kiste hinterher, die sehr schnell untergegangen war und einen Schwall kleiner Luftbläschen hinter sich herzog.

Palu erinnerte sich an den Dichtungsring, den sie im Deckel der Kiste gesehen hatte. Eine wasserdichte Blechkiste mit Deckel, die sehr schnell sank. Es musste ein Gewicht im Boden der Kiste sein, das sie rasant nach unten in die Tiefe zog. Ob Zarah kräftig genug war, dieses Gewicht nach oben zu holen? Auf der Plattform brach das schiere Chaos aus. Einige

Inselbewohner stürzten sich auf die Wächterinnen, Maria und Kattha. Andere sprangen ins Wasser, um Zarah und vor allem die Kiste so schnell wie möglich herauszuholen. Schreie gingen durcheinander, entsetzte Vorwürfe drangen über fürchterliche Drohungen hinweg. Kattha begann zu schießen. Sie feuerte in einen menschlichen Knäuel aus Armen, Beinen, Körpern. Schmerzensschreie waren die Folge. Blut strömte über die Plattform und bildete Pfützen, die vom Meerwasser, das über die Ränder schwappte, weggewaschen wurden. Einige Leute fielen ins Wasser. Maria tauchte kurz unter und als ihr Kopf zurück an die Oberfläche kam, klammerte sie sich mit weißen Fingern an der Plattform fest. „Hilfe!", hustete sie. „Helfen Sie mir, ich kann nicht schwimmen."

Aus der Dunkelheit des Meeres waren wie lange dünne Finger die Scheinwerferstrahlen des Tauchbootes zu sehen, die die Schwärze durchschnitten. Sie waren auf die Tiefe gerichtet. Vielleicht bekam Kimi nichts von dem Chaos hier oben mit.

Anak, der größte Mann im Dorf, sprintete drei lange Schritte auf Kattha zu und rammte sie mit der Schulter. Er riss sie mit sich zu Boden und kugelte weiter bis zum Ende der Plastikkacheln, wo Kattha sich von ihm lösen konnte. Regungslos glitt er von der Plattform ins Wasser und trieb weiter. In seiner Brust, das konnte Palu jetzt sehen, gab es ein Loch. Offenbar hatte Kattha ihn im Fallen angeschossen. Merkwürdig, Palu konnte sich nicht an den Knall erinnern, der zu dieser Schusswunde passte.

Wie durch eine Glaswand getrennt stand sie da, hängende Arme und weiche Knie, und betrachtete den Kampf, die

Schlacht wie eine Außenstehende. Sie hörte nichts, keine Schreie, keine Schüsse, kein Wutgebrüll. Ein Stummfilm. Immer mehr Motu sprangen ins Wasser oder fielen tot nieder. Die Wächterinnen schlugen und schossen mit ihren Gewehren und Pistolen. Kattha lud nach. Jeder Handgriff saß und sie ballerte wie verrückt weiter.

Irgendwann landete mit einem heftigen Wummern die Blechkiste wieder auf der Plattform. Zarah hing nach Luft ringend am Ponton. Sie wirkte erschöpft und müde, ihre Arme zitterten. Wie vom Blitz getroffen fuhr sie aus dem Wasser, als sie Kattha entdeckte. Einen Schritt weiter streckte Zarah die Hände aus und im nächsten Augenblick hatte sie die Finger an Katthas Kehle und drückte zu. Kattha japste und ihre Augen traten aus den Höhlen hervor.

Zarah wurde plötzlich zurückgeworfen. Sie stolperte über die Blechkiste und schlug auf der Plattform hin. Wimmernd. Sie hielt sich das Gesicht mit dünnen Fingern, zwischen denen Blut hervorschoss.

Damit hatte der Stummfilm ein Ende. Wie im Kino, wenn der Ton langsam eingeblendet wurde, kehrten die Geräusche zurück. Kattha fluchte, die Motu weinten und zeterten. Die Wächterinnen drängten die Leute schimpfend zurück.

Palu war sofort bei Zarah und sie schrie den anderen zu, ihr sofort einen Erste-Hilfe-Kasten oder – noch besser – ihren medizinischen Notfallkoffer zu bringen. „Schnell! Verdammt! Schnell!"

Dieser letzte Schuss bedeutete das Ende des Kampfes. Die Motu gaben auf, die Fremden wichen zurück. Die Blechkiste wurde geöffnet und Zarahs Mutter, die endlich vom

Früchtesammeln zurück und auf die Plattform gekommen war, schloss ihr Baby in die Arme. Gleichzeitig fürchtete sie um Zarah, die schwer blutend zitternd unter Palus Händen um ihr Leben rang. Der Kopf war kaum mehr zu erkennen. Wo Zarahs bildschönes Gesicht gewesen war, klaffte eine blutige Masse und das schwarze Haar klebte blutverschmiert am Kopf.

Gemeinsam brachten die verbliebenen Motu Zarah ins Dorf, wo Palu sich um die schwere Kopfverletzung kümmerte. Sie konnte die Blutung stoppen und Schmerzmittel geben. „Das linke Auge ist schwer verletzt", stellte sie fest. „Das kann ich nicht retten. Die Kugel hat es getroffen."

„Ist es verloren?", wollte die Mutter wissen.

„Wenn sie hierbleibt, ja." Palu gab Zarah weitere Medikamente durch eine rasch gelegte Infusion. „In Australien können sie ihr Auge vielleicht retten. Wir sollten sie sofort nach Australien bringen."

Es war keine Frage der Abwägung. Natürlich wurde alles für Zarahs Auge getan. Sofort packte man zusammen, was nötig war, und bereitete das Schnellboot vor. Donatella würde fahren, denn sie war dafür bekannt, in halsbrecherischer Geschwindigkeit Wellen zu nehmen und schneller zu sein als sonst jemand auf der Insel. Kiku würde sich währenddessen um die Verletzte kümmern. Sie war Krankenschwester und hatte lange im Ausland gearbeitet.

„Ich sollte mitfahren", sagte Palu. „Zarah ist wirklich schwer verletzt."

„Auf keinen Fall", widersprachen die anderen einstimmig. „Jetzt, wo Ahanai nicht mehr da ist, brauchen wir eine Chefin, die dieser fürchterlichen Frau Einhalt gebietet."

Deshalb winkte Palu dem Boot hinterher. Sie hoffte inständig, in fünf Tagen gute Nachrichten von Donatella und Kiku zu bekommen und einige Tage später die weitere gute Nachricht, was Zarahs Auge anbelangte. Die Ärzte in Australien hatten hervorragende Geräte und konnten das Auge bestimmt retten. Die Heilung dauerte Wochen, womöglich Monate, denn das Gehirn war zu einem Teil betroffen. Die Einzelheiten würde Palu erst erfahren, wenn Kiku oder Donatella sich meldeten.

Während das Boot kleiner wurde, überlegte Palu, ob sie in Australien ein Wasserflugzeug anfordern sollte, das sich auf dem Meer mit dem Boot traf und Zarah übernahm. Es sparte vielleicht einen Tag Zeit und jede Minute war kostbar. „Faha, ich möchte ein Wasserflugzeug ordern, das den dreien entgegenkommt."

Faha nickte. Sie fragte nicht nach dem Preis oder woher das Geld genommen werden sollte. „Ich werde alles organisieren."

Kapitel 7

Nach der Aktion mit dem Anker war es später Nachmittag geworden. Die Crew der Yacht legte sich ins Zeug, um diesen Steg und die Plattform aufzubauen, während ein Teil des Teams das Tauchboot testete. Es wurde zu Wasser gelassen. Mit einem Kran balancierte man es vom hinteren Teil des Schiffes über die Reling ins Wasser. Nach dem Gewitter hatte das Meer sich beruhigt und die Wellen waren wie kleine schnappende Finger, die absolut nichts mit sich in die Tiefe reißen konnten. Am Strand plätscherte das Wasser sacht vor sich hin, Gischt gab es kaum. Ein paar Reste vom Sturm, die waren kaum der Rede wert.

„So ein Tauchboot", sagte Ahanai vom Dorfplatz aus, „habe ich noch nie gesehen. Im Fernsehen, in echt nicht." Sie drehte den Kopf zu Palu. „Du?"

„Ich?"

„Du bist weit herumgekommen in der Welt. Kennst du solche Tauchboote?"

Palu erinnerte sich an einige Highlights ihrer langen Zeit außerhalb dieser kleinen Insel. „Selbst das U-Boot, das in Ägypten Touristen umherschippert, war länger und höher." Sie dachte an den jungen Mann, den sie in China kennengelernt hatte. Er arbeitete für einen Forscher, der das Meer vor der japanischen Küste erforschte. Dort gab es einen tiefen Graben, dessen Ausläufer schließlich bis zum weltbekannten Marianengraben und darüber hinaus reichte. Der Forscher hatte ein Tauchboot, das so ähnlich war wie die Deep Down Low. Zwei Menschen passten in eine zentimeterdicke Glaskuppel, es gab hinten zwei Propeller, die für den Antrieb zuständig waren, und seitlich die Tanks für die Pressluft. Vorne hatte das Tauchboot diverse Käfige, Behälter und Greifarme, um damit interessantes Material, Pflanzen oder Tiere einzusammeln und mit nach oben zu bringen.

Vom Tauchboot des Forschers hatte Palu einige Fotos zu sehen bekommen und die Deep Down Low sah dem Tauchboot sehr ähnlich. Sie war etwas kleiner und kompakter, soweit Palu sich richtig erinnern konnte. Knallgelb gestrichen und an der Seite stand der Name Deep Down Low in schwarzen Buchstaben. Am Heck gab es eine Kennung, mit der Palu nichts anfangen konnte. Die war für den Funkverkehr wichtig und für die Zulassung in internationalen Gewässern.

„Hat dich jemand nach einer Erlaubnis gefragt?", wollte Palu von Ahanai wissen. „Immerhin ankern und tauchen die in unseren Gewässern. Da sollten sie eine Erlaubnis haben, oder?"

„Ich habe nichts unterschrieben." Ahanai stutzte. „Ich glaube, unser offizieller Einreisestempel ist kaputtgegangen. Mist, ich habe keinen neuen bestellt."

Palu zuckte die Schultern. „Unsere Landessprache können die nicht lesen. Du kannst genauso gut mit den Wortstempeln der Kinder eine Erlaubnis in den Pass stempeln."

Ahanai lachte verschmitzt. „Und einen Bärchenstempel statt eines Visums?"

Das Tauchboot begann seine Erkundungsfahrten wenig später. Gleichzeitig begannen Leute der Yacht, grell-orange

Platten auf dem Wasser auszulegen. Etwa zwei auf zwei Meter waren sie und aus einem Material, das schwimmen konnte und rutschfest war. Mit beweglichen Gelenkverbindungen wurden die Pontons aneinandergehängt und bildeten bald einen Steg, der von der Yacht auf die Insel zuführte. Nicht weit von der Yacht entfernt entstand eine schwimmende Plattform durch weitere Pontonplatten, die in die Halterungen eingehängt und befestigt wurden.

Es erinnerte Palu an die Floating Piers von Christo, wo man vor einigen Jahren in Italien über einen See laufen konnte. Nur war Christos Steg ein Kunstwerk für jedermann und diese Pontons glichen eher einer praktischen Notwendigkeit.

„Ein Steg", stellte Ahanai fest. „Die bauen einen Steg von der Yacht zur Insel."

„Mit einem Beiboot", sagte Palu, „wäre die Strecke nur zu schaffen, wenn es nicht viel Tiefgang hat. Das Riff liegt oft nur wenige Zentimeter unter der Wasseroberfläche."

„Keinen Meter ist es tief", bestätigte Ahanai. „Außer in der Rinne am Squid's Point."

„Woher sollen diese Neuankömmlinge Squid's Point kennen?" Palu schnalzte mit der Zunge. „Du selbst fährst dran vorbei, wenn du beim Fischen einen schlechten Tag hast und du bist eine ziemlich schlechte Fischerin."

„Die Einfahrt ist knifflig zu finden", verteidigte sich Ahanai. „Die Strömung spielt mir jedes Mal einen Streich. Ich denke immer, da ist ein Felsen. Wegen der Bläschen, weißt du."

„Gase aus dem Vulkangestein", sagte Palu, „das habe ich dir schon tausendmal erzählt. Diese Bläschen sind wie ein

Hinweisschild und du fährst dran vorbei."

„Ich fahre dran vorbei." Ahanai hatte die Hände in den Hüften. „Das geht flott voran mit dem Steg. In einer Stunde sind sie an Land." Sie seufzte. „Ich mag keinen Besuch. Besuch macht immer Arbeit und oft Ärger."

Offenbar gab es auch Ärger mit dem Tauchboot. Immer wieder wurde die Einstiegsluke am oberen Ende geöffnet und Kimi kletterte heraus. Schließlich kniete sie auf der Plattform neben der Yacht und guckte kopfschüttelnd hinter der Deep Down Low ins Wasser. Sie versuchte etwas zu greifen, das sie nicht aus dem Meer bekam. Daraufhin begann Kattha zu toben und zu schreien und zu kreischen. Damals wussten die Motu noch keinen Namen, weder den Katthas, noch den der Crew oder der Assistenten. Sie wunderten sich über die Frau, die wutentbrannt über den neu verlegten Steg tobte und beim ersten Schritt an Land mit dem Fuß Sand aufschleuderte. Sie fluchte und schimpfte zeternd wie ein Rohrspatz.

„Ich gehe zum Strand", beschloss Faha. „Ich muss wissen, was sie so wütend macht."

„Ich komme mit", sagte Sisou und sie mussten nicht allein gehen. Einige Motu schlossen sich an, vor allem die Kinder waren neugierig.

Ahanai begann durch ihre Sachen zu wühlen.

„Meinst du, das ist der richtige Zeitpunkt dafür?", wollte Palu wissen. Sie hatte ein Kribbeln in den Beinen und wollte zum Strand. „Dauert das länger?"

Ahanai schickte sie mit heftigem Winken davon. „Geh voraus. Ich komme gleich nach."

Als Palu den Strand erreichte, bemühte Kattha sich um ein

Mindestmaß an Höflichkeit. Vielleicht hatte sie sich müde getobt, vielleicht sich an ihre Erziehung erinnert. „Wer ist euer Chef?", wollte sie wissen. Sie war völlig in weiß gekleidet. Ihr Etuikleid war weiß, ihre Pumps ebenfalls, der ausladende Hut war ein weißer Berg mit einem weißen See außen herum. Ihre Fingernägel waren knallrot lackiert, ebenso strahlten ihre geschminkten Lippen in dickem Lippenstiftrot. Sie war sehr schlank und sehnig. Ihre überlangen Finger wirkten wie Spinnenbeine, mit denen sie ihr blondes langes Haar strähnte. Der leichte Wind vom Meer wirbelte es durcheinander.

„Ich bin Doktor Danielle Kattha." Ihr Englisch klang hart und gestelzt. „Wer ist euer Chef?"

Als niemand reagieren wollte – schließlich war Ahanai noch im Dorf und suchte nach den Stempeln der Kinder – winkte Kattha eine kleine pummelige Frau heran, die vollkommen schwarz angezogen war. Ihre Pluderhose endete an den Knöcheln. Sie hatte einen schwarzen Flipflop auf dem Weg von der Yacht zum Strand verloren und er dümpelte nun auf den sachten Wellen. Ihr schwarzes T-Shirt fiel weit und locker um ihre runden Hüften und die üppige Oberweite. Das kinnlange schwarze Haar hatte sie hinter die Ohren geklemmt. Sie reichte Kattha einen Henkelkorb und Kattha begann von Motu zu Motu zu gehen und Geschenke zu verteilen.

„Hier sind ein Block und ein Kugelschreiber für dich. Eine Perlenkette für dich, ein Päckchen Kaugummi für dich, ein Set Haarspangen für dich, das brauchst du dringend bei dem Wind, hier ist ein Hüpfspiel für dich. Das kannst du mit deinen Freundinnen spielen. Hier sind einige Hefte und viele weitere Stifte. Radiergummis und Lineale und als Highlight sind hier einige Taschenrechner mit Solarbetrieb." Sie lachte das kürzeste und härteste Lachen, das Palu je gehört hatte. „An Sonne mangelt es in diesem Urlaubsparadies ja nicht. Von Licht und Sonne habt ihr genug. Wollt ihr einige Tischlampen haben? Man stellt sie tagsüber in die Sonne, damit der Akku sich aufladen kann, und in der Dunkelheit hat man ein ordentliches Licht zum Lesen oder Lernen. Bildung ist ja so wichtig. Gerade wenn man am Arsch der Welt wohnt, kann es mit der Bildung gar nicht wichtig genug sein. Je mehr, desto besser." Die Lippen hatte sie in die Breite gezogen und die Mundwinkel angehoben. Das Lächeln wirkte wie eine Fratze. „Wo ich euch so tolle Geschenke gebracht habe, könntet ihr mir ein bisschen entgegenkommen und mir helfen. Wer ist denn nun euer Chef?"

Die Mädchen hatten einander die bunten Perlenketten aus Plastik um den Hals gelegt und kicherten. Ein Junge tippte auf seinem nagelneuen Taschenrechner herum und Masha kämmte sich das Haar mit einer faltbaren Bürste. Palu wollte die Augen verdrehen. Die Motu wirkten wie ein Haufen Hinterwäldler. Nun ja, sie lebten ja wirklich hinterm Wald, aber keineswegs hinter dem Mond.

„Lasst mich durch, lasst mich durch", war zum Glück endlich Ahanais Stimme zu hören. Sie bahnte sich einen Weg nach vorne zu Kattha und sagte im Vorbeigehen in ihrer Muttersprache: „Die verdammten Stempel sind nicht mehr zu gebrauchen. Der Gummibelag ist völlig ausgehärtet. Jetzt kann ich denen kein Visum in den Pass stempeln." Sie wandte sich Kattha zu und schaute sie von oben bis unten an. „Die sieht ja aus wie ein Schneehuhn."

Kattha stand ganz vorne. Alle anderen Leute der Yacht blieben hinter ihr. Als sie die Hand mit dem leeren Henkelkorb streckte, kam die Frau in Schwarz sofort gelaufen, um ihr den Korb abzunehmen. Stattdessen legte sie ihr ein Tablet in die Hand. Kattha schaute auf das Tablet. „Diesem Eintrag nach und den Informationen, die ich auf Pohnpei eingeholt habe, sprecht ihr alle ausgezeichnet Englisch. Es dürfte also kein Problem sein, mit euch zu sprechen. Bist du die Frau vom Chef?"

Ahanai stellte sich aufrecht und rückte die Brust vor. Trotz der Kopfschmerzen hob sie das Kinn in die Höhe. „Ich bin der Chef, willkommen in der Realität." Sie zeigte auf den hellgelben Sand zu ihren Füßen. „Sie sind unbefugt und ohne Voranmeldung in unsere Gewässer und auf unsere Insel gekommen. Sie haben keine Einreiseerlaubnis und ich habe kein Visum unterschrieben. Weder für Sie, noch für Ihre Begleiter oder die Crew der Yacht."

Kattha lachte gackernd. „Mach dich nicht lächerlich. Eure winzige Insel hat keine Bürokratie, man braucht keine Erlaubnis, um hierher zu kommen." Sie zeigte vom Horizont zur Yacht und schließlich zur Insel und machte dabei brummende Motorgeräusche. „Man kommt und zack – ist man da. Hallihallo Inselleute."

„Ach so." Ahanai verschränkte die Arme. „Wir könnten im Gegenzug unsere Speere holen und zack – wäret ihr alle tot. Tschüssikowski, Fremde."

Kattha trat einen kleinen Schritt auf Ahanai zu und bückte

sich etwas, um ihr in die Augen zu sehen. Sie war tatsächlich einen Kopf größer als Ahanai. „Eine Chefin also. Interessant." „Eine Yacht-Chefin", äffte Ahanai zurück. „Finde ich auch interessant. Hören die alle auf Sie oder bloß die Mädchen? Aus welcher Zeit sind Sie mir vor die Füße gepurzelt? Oho, eine Inselchefin, welch unglaubliche Entdeckung. Leute, haltet den Nobelpreis bereit, ich habe hier eine Inselchefin gefunden." Ahanais Augenrollen stoppte. „Brauchen Sie Nachhilfe in Sachen Feminismus oder reicht Ihnen ein Kalender, der das aktuelle Jahrtausend anzeigt?"

Katthas Blick wurde eisig. Er hätte genügt, um alle Hütten der Motu für eine Woche auf angenehme zwanzig Grad zu kühlen. „Du bist ganz schön frech, kleine Inselfrau."

„Sie sind dreist", gab Ahanai zurück. „Sie landen hier an, verteilen Ihren Plunder und scheren sich einen Dreck um unsere Rechte. Ich denke, Sie sollten alles zusammenpacken und abreisen. Sofort. Wir haben hier nicht gern Besuch."

„Sonst was?"

„Völkerrechte und Menschenrechte müssen nicht erklärt werden, gute Frau."

Einen Moment lang sah es nach einem fürchterlichen Kriegsbeginn aus. Kattha lag eine scharfe Erwiderung auf der Zunge, gewiss die Androhung von Gewalt, von sofortigen Sanktionen, von heftigem Widerstand. Bevor alles aus ihr herausprudelte, schluckte sie und lächelte ihr falsches, aufgesetztes Lächeln. „Wir sind Forscher", säuselte sie. „Harmlose Forscher, die sich für dieses schmucke Eiland interessieren. Wir sind einen weiten Weg zu euch gekommen und ihr empfangt uns mit derart unfreundlichen Worten?"

„Die erste Charge unfreundlicher Worte kam von Ihnen", bemerkte Ahanai ungerührt. „Fahren Sie ruhig wieder dorthin zurück, wo Sie all diese Schimpfworte gelernt haben."

„Wir tun euch nichts." Kattha schien etwas am Hals zu haben, sie kratzte sich die Kehle. „Wir sind auf eure hübsche Insel aufmerksam geworden."

Ahanai, die mit durchgestreckten Knien auf den ersten Angriff gewartet hatte, entspannte sich etwas. Sie deutete mit den Fingern. „Tropischer Wald, Strand, Ozean. Aus mehr besteht diese Gegend nicht. Was ist daran so interessant?"

„Alles." Kattha hob die Arme auseinander, als wollte sie alles und jeden in einer großen Umarmung knuddeln. „Die Insel ist spektakulär. Abgelegen, unberührt. Ihr bekommt nicht oft Besuch, oder?"

„Sehr selten." Ahanai verschränkte die Arme. „Der Bau eines Gästehauses lohnt sich nicht."

„Die Natur ist unberührt", fuhr Kattha fort.

„Naja…"

„Un-be-rührt." Kattha betonte jede Silbe mit einem leichten Tritt in den Sand. „Seit Menschengedenken gibt es hier nur diese unberührte Natur wie Gott sie geschaffen hat."

„Viel eher", bremste Ahanai ihre Begeisterung ein, „haben wir sie geschaffen. Jeder Baum, jeder Strauch, jede Pflanze ist von einer Motu gepflanzt und großgezogen worden. Das geht seit Generationen so."

„Ich habe auch eine Palme gepflanzt", sagte Elba von weiter hinten.

„Immer vergesse ich die Männer", seufzte Ahanai. „Auch die Motu-Männer pflanzen und kultivieren Bäume."

„So viel pure Natur." Kattha ignorierte das, was Ahanai eben gesagt hatte. „So viel unberührte, menschenleere Natur."

„Im Gegenteil. Man begegnet einander ständig auf dieser kleinen Insel. Es ist ganz schön schwierig einander aus dem Weg zu gehen. Selbst in den Bergen ist man nicht allein."

„So viel Einsamkeit und Stille."

„Keine zehn Meter kann man gehen, ohne von jemandem gesehen oder gehört zu werden. Und wenn Toyer seine grauenhafte Schlagermusik anmacht, ist es mit dem Paradies eh vorbei. Die hört man bis in den hintersten Winkel."

„Hey, das sind Klassiker von früher!", beschwerte Toyer sich, woraufhin Ahanai eine plappernde Geste mit den Händen machte und murmelte: „Der letzte Scheiß sind deine verdammten Klassiker."

Von diesem Disput bekam Kattha nichts mit. „Das hier ist das friedliche Idyll, nach dem sich Großstadtmenschen sehnen. Für Forscher ist eine so unberührte Umgebung ein wahres Eldorado. Es lässt sich erforschen, wie das Leben abläuft, wenn niemand ihm dazwischenfunkt."

„Wie gesagt, hier funkt ständig jemand. Es ist niemals still, von Ruhe ganz zu schweigen."

Kattha machte eine Handbewegung, woraufhin eine Assistentin einen Klapphocker brachte und ihn aufstellte, damit Kattha sich setzen konnte. Die Frau in Schwarz – Maria, wie die Motu bald lernen sollten – nahm einen kleinen batteriebetriebenen Ventilator zur Hand und spendete Kattha kühle Luft. „Ohne Einflüsse von außerhalb kann das Leben hier Wege gehen, ganz wie es möchte. Es gibt keine vorgegebene Richtung. Alles entwickelt sich völlig frei und ungezwungen. Ganz natürlich."

Ahanai rollte die Augen und schwieg. Sie kratzte sich am Hinterkopf, wo ihr erst gestern die völlig unberührte Natur in Form eines gestutzten Mangobaums eine dicke Beule verpasst hatte. Der Baum kränkelte. Er hatte irgendeinen Pilz, der die Blätter weißlich färbte und braun werden ließ. Kiku meinte, es könne helfen, die erkrankten Äste abzuschneiden. Dabei fielen Äste zu Boden und einer traf im Zurückschnellen Ahanai am Hinterkopf. Eisbeutel, Kopfschmerzen, zum Glück keine Gehirnerschütterung.

„Forschung ist so bedeutend für die Menschheit." Der Ventilator wirbelte Katthas Haar im Nacken durcheinander, das sie mit der Hand einfing und festhielt. „Die Menschheit – ich weiß nicht, ob ihr das mitbekommen habt – steht vor unglaublichen globalen und tiefgreifenden Herausforderungen. Migration. Knapper werdende Ressourcen. Digitale Infrastruktur. Klimawandel." Sie ließ diese Worte kurz wirken. „Vom Klimawandel seid ihr auch betroffen, oder?"

„Die Migration macht mehr Probleme", seufzte Anahai. „Seit einigen Jahren gibt es viele von diesen dunkelgrünen Fischen, die so gerne Korallen fressen. Die knabbern alles an und reißen damit Löcher ins Riff, obwohl sie ursprünglich Algen fressen. Die sind vermutlich aus dem Atlantik eingewandert mit irgendeinem Schiff, dessen Tanks nicht gereinigt waren."

„Migration und Anpassung von Menschen, du Dummerchen. Tierische Invasoren sind nicht mein Gebiet, darum kümmern sich Zoologen, sofern Sie Mittel dafür haben. Man muss heutzutage gucken, woher das Geld für die Forschung kommt. Das wächst nicht an jedem Baum und längst nicht jeder Baum, der Früchte trägt, lässt sich einfach schütteln." Kattha wollte die Beine übereinanderschlagen und brachte ihren Klappstuhl damit leicht in Schräglage. Eine Helferin bemerkte es und holte ein Holzstück, das sie auf der einen Seite unter den Klappstuhl legte. Sand war eindeutig kein guter Untergrund für Stühle mit schlanken Beinchen.

„Migration von Menschen kümmert mich nicht. Wir nehmen grundsätzliche keine Fremden in unser Dorf auf", sagte Ahanai. „Bleiberecht genießen nur die Einheimischen, die hier geboren und aufgewachsen sind, oder Kinder von Motu. Womit wir wieder beim Thema wären." Sie beugte sich nach vorn und guckte Kattha fest in die Augen. „Wir wollen Sie hier nicht haben. Verschwinden Sie. Packen Sie Ihren ganzen Krempel, Plunder und Müll und verziehen Sie sich."

Kattha blieb sitzen. Sie zuckte nicht einmal mit der Wimper. „Ich bin sicher, wir werden eine Möglichkeit finden, wie wir zusammenarbeiten können und ich zu den profitablen Ergebnissen komme, die ich mir vorstelle." Sie ließ die Augen über die Insel schweifen oder vielmehr über den Teil, den sie von ihrem Sitzplatz aus sehen konnte. „Adrette Insel. Eine wirklich adrette Insel."

Damit konnte Ahanai wenig anfangen. Ihrem Gesicht war abzulesen, wie sie grübelte, was an der Insel hübsch oder gar adrett war. „Klein und überschaubar trifft es eher."

„Wie lange lebt ihr hier? Euer Volk? Seid ihr überhaupt ein eigener Volksstamm oder eine Absplitterung von vielleicht den Abelam oder den Chamorro?"

Diese Namen hätte Kattha ebenso gut erfinden können, sie

sagten Palu nichts und offensichtlich hatte auch Ahanai nie davon gehört. „Wir sind kein Irgendwas von Irgendwem", gab sie zurück. „Wir sind schon immer Motu gewesen."

„Deshalb frage ich." Kattha hatte Sand in die Pumps bekommen und zog nun den rechten Schuh aus, um die Körner herauszuklopfen. „Ein Volk in Papua-Neuguinea bezeichnet sich selbst als Motu. Ebenso ist es eine eigene Sprache, die auf Papua-Neuguinea gesprochen wird, und die Bezeichnung für eine Riffinsel in den meisten Sprachen, die im südpazifischen Raum gesprochen werden. Motu kann alles Mögliche bedeuten, deshalb finde ich interessant, für wie einzigartig ihr euch haltet."

Dieser Hieb saß. Ahanai schürzte die Lippen und murmelte unfreundlich, ehe sie sich zusammenreißen konnte. „Wir sind nicht mit irgendwem aus Papua-Neudingsbums verwandt. Unser Volk existiert auf dieser Insel seit vielen Generationen abgeschottet von der Außenwelt. Völlig allein, isoliert, links liegengelassen. Es gibt keinen Flughafen, keinen Seehafen und keinen Autobahnanschluss. Manchmal kommen Fischer vorbei, aber weil wir in unseren Gewässern keinen lukrativen Fischfang zulassen, verziehen sie sich schnell wieder."

„Wovon lebt ihr?", wollte Kattha wissen.

Palu spürte eine Gänsehaut über ihre Arme kriechen. Es hatte fast dreißig Grad im Schatten, selbst jetzt, wo die Sonne unterging und sich eine hoffentlich kühle Nacht ankündigte. Sie fröstelte und dachte an die Obst- und Gemüsefelder, die hinter dem Dorf an der fruchtbarsten Stelle des Dorfes angelegt waren. Zucchini, Kürbis, Bohnen, Erbsen, Zwiebeln, Knoblauch. Die Motu pflegten ein Erdbeerfeld, obwohl die empfindlichen Pflanzen die viele Hitze und die oft heftigen Regenfälle nur schlecht vertrugen. Es war ein Spaß, den man sich machte, und dessen Früchte man wie einen Luxus genoss und unter den Dorfbewohnern aufteilte. Viel besser gediehen die Johannisbeeren, die Kiwis, die Nashis und die Feigen. Manchmal setzte sich der kleine Teil der Motu durch, der Kartoffeln haben wollte. Die wuchsen gut, aber die meisten Motu mochten Kartoffeln, abgesehen von Pommes frites, nicht leiden.

Bananenstauden und Mangobäume gab es reichlich und die Früchte fanden großen Anklang, ebenso wie die Papayabüsche, die abgeerntet wurden, sobald die Papayas reif waren. Palu war besonders stolz auf den Papayasalat, der auf Motu am besten schmeckte. Nirgendwo auf der Welt war das Rezept besser und die Menge an verwendetem Chili höher.

„Eigentlich", zögerte Ahanai, „wächst alles, was wir brauchen, hier auf der Insel. Wir leben hauptsächlich von dem, was der Wald hergibt."

Unauffällig ließ eines der Kinder eine Bratwurstsemmel hinter dem Rücken verschwinden. An keinem Baum der Welt wuchsen Bratwürste, das war dem kleinen Mädchen klar.

„Getreide auch?", fragte Kattha. Manchmal machte sie sich Notizen auf dem Tablet, aber die schnell geschriebenen kleinen Buchstaben konnte Palu auf die Entfernung nicht lesen.

„Getreide holen wir aus Pohnpei", sagte Ahanai.

„Was ist mit Milchprodukten? Haltet ihr Kühe oder andere Tiere, zum Beispiel Schafe oder Ziegen?"

„Lamas." Ahanai lachte herzlich. „Nein, das war ein Spaß, die würden bei dieser Hitze und Luftfeuchtigkeit bald eingehen. Wir halten keine Tiere außer ein paar Hühnern."

Um die zwanzig waren es. Sie legten fleißig Eier, jede Motu bekam welche ab. Die Kinder mochten am liebsten weichgekochte Eier oder Pfannkuchen, Palu machte sich Spiegeleier, wenn sie an der Reihe war die Eier zu bekommen. Ab und zu wurden Küken geboren, die bei den Kindern für Begeisterung sorgten und bei den Erwachsenen die Lust auf ein Hühnergericht weckten. Es gab nicht oft Hühnersuppe oder Brathähnchen. Einmal im Monat vielleicht.

„Fleisch?", wollte Kattha nun wissen.

Es war wie ein Kreuzverhör und Ahanai schien das nun auch zu verstehen. Sie legte den Kopf schief. „Ganz schön neugierig sind Sie. Ich dachte, Sie interessieren sich für die Fische und das Riff."

„Fische?" Kattha guckte sie ratlos an. „Was soll ich mit Fischen?"

„Immerhin haben Sie ein Tauchboot dabei." Ahanai zeigte auf die Stelle neben der Yacht, wo das knallgelbe Tauchboot immer wieder untertauchte und unter viel Geblubber des umgebenden Meeres zurück an die Oberfläche kam. „Sie werden damit kaum uns oder unsere Insel erforschen wollen, sondern eher das Riff und das Meer."

Kattha nickte schnell. Zu hastig, wie Palu fand. Sie war auch nicht überzeugt von der Erklärung, die Kattha abgab: „Ich möchte halt wissen, wem ich diese unglaublich nette Gastfreundschaft zu verdanken habe und welche Kultur ihr pflegt. Immerhin seid ihr etwas Besonderes. Die letzten

Überlebenden eures Volkes, nicht wahr?"

„Zweiundvierzig." Das war kein Geheimnis. „Es gibt nur eine Handvoll Motu anderswo und die habe ich zu den zweiundvierzig bereits dazugezählt."

„Ach, die gibt es?" Kattha schnalzte mit der Zunge. „Wer könnte dieses Paradies verlassen wollen?"

„Die Welt ist groß und schön", gab Ahanai zurück. „Manchmal braucht man einen Tapetenwechsel."

„Wohin zieht es euch, wenn ihr die Insel verlasst?", wollte Kattha wissen. „In die Schweiz?"

Bei Palu schrillten sämtliche Alarmglocken los. Wie kam sie ausgerechnet auf die Schweiz? Zweihundert Staaten gab es auf der Welt, von denen so viele Destinationen waren, die jeder Mensch kannte und sehen wollte. New York. Singapur. Hongkong. Skandinavien. Das Pantanal. Die Schweiz stand wohl bei niemandem auf Platz eins der Orte, die man gesehen haben musste. Selbst wenn man sich für Berge interessierte, war der Himalaya mit seinen Rekordhaltern vielfach anziehender als das Matterhorn oder die Jungfrau in den Berner Alpen.

Die Schweiz. Ausgerechnet die Schweiz. Palu versuchte mit Blicken, Ahanai ihre Bedenken mitzuteilen. Schließlich, weil Ahanai nicht reagierte, sagte Palu in ihrer Muttersprache, die hoffentlich die Neuankömmlinge nicht verstanden: „Sieh dich vor, Ahanai, mir ist diese Frau nicht geheuer. Sie horcht dich aus."

Aus der versammelten Menge, die gut fünfzehn Leute umfasste, wurden zustimmende Kommentare laut. „Soll ich sie fesseln und zurück auf das Schiff tragen? Vielleicht reisen sie endgültig ab, wenn wir unfreundlich zu ihnen sind? Unfreundlicher als die Sache mit dem Anker." Eine andere Stimme meinte: „Mit dieser Frau werde ich auf keinen Fall zusammenarbeiten, egal welche Forschungen sie betreibt. Diese unfreundliche Hexe kann sich ihre Fische, Korallen oder Schwämme schön selbst suchen." Eine andere Stimme meinte: „Wir sollten es grundsätzlich so machen wie dieser Stamm nahe Thailand. Die Eingeborenen ermorden jeden, der einen Fuß auf ihre Insel setzt. Sie schleudern Speere auf Hubschrauber und haben selbst vor unbewaffneten Nonnen keinen Respekt. So sollten wir es machen. Wir sollten Waffen holen und allesamt töten." „Das", kam sofort die Antwort, „ist keine Lösung. Wir wollen nicht als das gewalttätigste Volk der Südsee in die Geschichte eingehen." „Wir sind unbedeutend; wir gehen überhaupt nicht in die Geschichte ein."

Nachdem sich eine ganze Weile später das Gerede gelegt hatte, fragte Kattha: „Was versetzt euch in Aufruhr, ihr lieben Leute?"

Die Motu achteten darauf, niemand Fremden an ihrer Sprache teilhaben zu lassen. Manchmal war es von Vorteil, nicht verstanden zu werden.

„Es ist dunkel", stellte Ahanai auf Englisch fest. „Die Leute möchten ins Dorf zurück. Die Kinder müssen ins Bett."

Kattha stand von ihrem Hocker auf, nachdem sie den zweiten Schuh auch ausgezogen hatte. „In der Tat." Sie klopfte Sandkörner von den Schuhen. „Sprechen wir morgen weiter. Ich hoffe, ihr seid Frühaufsteher."

„Was gibt es zu besprechen?", fragte Ahanai gereizt. „Ich

habe Ihnen verboten in unserem Gewässer zu ankern. Sie sollten packen und abreisen. Nehmen Sie Ihren Plastikmüll vom Wasser mit, vergessen Sie den nicht."

„Ja, ja, dämliche Idioten", murmelte Kattha gerade noch hörbar und betrat den Steg, der den Strand mit der Yacht verband. Es war wirklich stockdunkel, aber die Gehilfen hatten Taschenlampen dabei, mit denen sie den Weg für Kattha ausleuchteten. Maria, die in einigem Abstand hinter Kattha huschte, wäre beinahe ins Meer gefallen, weil sie aus dem Lichtkegel getreten war.

Natürlich setzte niemand seine düsteren Gedanken in die Tat um. Nicht einmal nach einem verkorksten Kennenlernen wie diesem, das die Motu sehr unzufrieden zurückließ, packte jemand eine Waffe und erschoss, erstach oder erwürgte Kattha hinterrücks. Man mochte vielerlei üble Gedanken im Kopf haben und sich unzählige Situationen ausmalen, wie Kattha ins Jenseits befördert wurde, aber man *tat* es nicht. Egal wie schlecht das Gefühl dem anderen gegenüber war, eine solche Handlung stand außer Frage. Rückblickend wäre es die bessere Lösung gewesen, schimpfte Palu mit sich selbst.

Kapitel 8

Bevor sie nach ihrer kleinen Schwester in der Blechkiste tauchte, hätte Zarah die Sensoren abreißen müssen. Palu überlegte, ob sie selbst angesichts großer Angst und Panik und in Sorge um die kleine Schwester daran gedacht hätte. Wenige schnelle Handbewegungen und die Sensoren wären nutzlos auf den Wellen getrieben.

Zarah hatte es nicht getan. Sie war kopfüber ihrer Schwester hinterher getaucht. Mühsam war es ihr gelungen die Blechkiste einzuholen. Auf einem Teil des Videos war zu sehen, wie sehr sie sich anstrengen musste, um die Kiste zurück an die Wasseroberfläche zu holen.

„Einundsechzig Meter", wusste Kattha. „Den Sensoren nach erreichte sie eine Tiefe von einundsechzig Metern. Sie brauchte eine Minute, um die Kiste zu erreichen, und gute zwei Minuten, um sie an die Wasseroberfläche zu bringen. Sind das verlässliche Werte?"

„Ich denke, ja", sagte Cathay. „In der Dunkelheit brauchte sie eine Weile, um die Kiste zu finden."

„Quatsch", herrschte Kattha sie an. „Kimi hatte die Kiste im Visier, der Scheinwerfer war darauf gerichtet. Es ist keine große Kunst, im dunklen Meer den Scheinwerfer zu finden. Ebenso wenig ist es eine Kunst, die Luft knapp drei Minuten anzuhalten. Jeder Trottel kann das. Mit ein bisschen Übung ist jeder Idiot dazu in der Lage."

Kattha saß vor den Laptops auf der Plattform bei der Yacht. Die Sonne brannte vom Himmel und die Assistentinnen kämpften mit der Hitze. Sie trugen Hüte, die breite Schatten warfen, dennoch war ihnen anzusehen, wie anstrengend die Hitze war. Die Hitze und das ständige Stehen und Warten mit schweren Gewehren in den Händen. Das waren automatische Waffen mit vollen Magazinen, wie Palu sie aus dem Fernsehen kannte.

„Einundsechzig Meter", murmelte Kattha und dabei tippte sie sich unablässig selbst an die Nasenspitze. „Das ist weit vom Meeresgrund entfernt. Sehr weit. Ein Anfang ist es, immerhin ein lächerlicher Anfang."

„Der Meeresgrund", sagte Cathay geschäftig, „fällt an dieser Stelle auf zweitausend Meter Tiefe ab. Ich habe eine Reliefkarte da, wenn Sie sie sehen möchten?"

„Keine Karten", winkte Kattha ab. „Die langweilen mich. Mir wäre es lieber, diese Affen würden tauchen und mir die Steine nach oben bringen. So, wie ich es möchte."

An diesem Tag starben so viele. Palu war gleich bei Sonnenaufgang zur Plattform gegangen und hatte dort auf Kattha gewartet. „Das ist gefährlich", warnte Elba. „Diese Frau ist gefährlich."

„Es ist gefährlicher", antwortete Palu, „wenn sie die Plattform verlässt und auf die Insel kommt." Den Feind im Auge behalten, nahm Palu sich vor. Wenn sie Kattha nahe der Yacht und die Motu auf der Insel halten konnte, brauchte es keine weiteren Toten zu geben.

„Wir nehmen erneut Messungen vor", entschied Kattha. „Dichte, Temperatur, Salzgehalt und alles, was irgendwie von Belang sein könnte." Sie bemerkte Cathays Blick unter gerunzelten Augenbrauen und verbesserte sich selbst: „Ich weiß, Dichte und Salzgehalt kommen aufs Gleiche raus." Mit dem Zeigefinger am Kinn dachte Kattha nach. „Außerdem möchte ich sofort die Aufzeichnungen noch einmal ansehen. Ich möchte wissen, ob dieses Mädchen die Luft angehalten hat oder ob sie irgendwie atmet. Das muss auf den Bildern zu sehen sein, oder? Vielleicht haben sich Kiemenschlitze hinter den Ohren gebildet oder sonst welche Atemöffnungen am Hinterkopf. Das sollte zu erkennen sein, da war mit dem Kopf ja noch alles okay."

Es schien sich niemand angesprochen zu fühlen. Zwei Frauen hielten Sensoren ins Wasser, Cathay wischte und tippte auf dem Tablet herum, Kimi kletterte aufs vertäute Tauchboot und wischte mit einem Lappen über die Glaskuppel.

„Warum", flüsterte Maria schließlich, „fragen Sie sie nicht? Die Motu, meine ich."

Kattha brummte. Sie knirschte mit den Zähnen und drehte sich sehr langsam zu Maria um. „Welche Macht der Hölle hat mich Sie finden lassen? Es war ein großer Fehler, ein sehr großer Fehler, Sie beim ersten Gespräch nicht über die Brüstung nach unten zu schubsen. Das hätten Sie nicht überlebt. Zwölf Stockwerke sind für den menschlichen Körper zu viel." Sie kniff an ihrer Nasenwurzel herum. „Warum muss ich das nur aushalten? Warum nur?" Sie ließ die Nase los und setzte das für sie typische künstliche Lächeln auf. „Weil Sie das Patenkind der Großnichte der Madame sind, ich weiß. Deshalb muss ich das aushalten. Nicht etwa, weil Sie die Tochter oder Enkelin meiner Gönnerin sind, nein, Sie sind nicht einmal verwandt mit ihr. Bloß das Patenkind einer Großnichte. Ebenso könnten Sie die Freundin der Pflegerin sein, die die Goldfische im Gartenteich der Madame füttert. Keine verwandtschaftliche Beziehung, ein irgendwie Nahestehen, das auf einem diffusen Gefühl der Verbundenheit beruht. Aus einem Grund, den ich nicht verstehe, fühlt die Madame sich für Sie zuständig."

Mit jedem Satz fiel Maria tiefer in sich zusammen. Ihre Schultern sanken, sie zog den Kopf ein. Das Kinn kam schließlich auf der Brust zum Liegen und eine Träne lief ihr über die Wange. Sie hielt mit beiden Händen die Mappe fest an sich gepresst, in der die Unterlagen und das Tablet waren, das Kattha so oft mit einer herrischen Geste verlangte. Maria machte kleine Schritte rückwärts, bis sie unter den Fersen Luft hatte und fast ins Wasser fiel.

„Wenn das mit den Steinen funktioniert, werde ich mich keine Sekunde länger mit Ihnen abgeben. So viel ist sicher." Kattha wandte sich von ihr ab. Sie traktierte eine Weile lang die Leute auf der Plattform mit Messdaten, die sie unbedingt haben wollte. „Einen Kurvenverlauf, der Temperatur und Dichte in Abhängigkeit der Tiefe zeigt. Das kann nicht so schwer sein, ein paar Daten in eine Grafik zu packen."

Kimi entzog sich dieser Messerei. Sie kletterte ins Tauchboot und nachdem sie die obere Luke geschlossen hatte, war ihr Gesicht durch die Glaskuppel zu sehen, die zur Hälfte im Meer versunken war. Kimis pinkes kinnlanges Haar leuchtete in der Sonne. Sie trug ein langärmeliges Shirt und eine Jogginghose, denn im Tauchboot, das wusste Palu, wurde es unter Wasser schnell kühl. Das Meer war nur hier oben angenehm war. Je tiefer man kam, desto kälter wurde das Wasser. Ab ungefähr tausendfünfhundert Metern war die tiefste Temperatur von vier Grad erreicht, aber bereits bei fünfhundert Metern kam man bei fünfzehn Grad ins Frieren. Fünfzehn Grad waren keine gute Temperatur, um sich ungeschützt länger dort aufzuhalten.

Bestimmt hatte das Tauchboot eine Heizung, allerdings kostete wohlige Wärme viel Energie, die der Akku liefern musste. Bei einem Boot, das bis zum Meeresgrund tauchen konnte, war ein richtig großer Akku verbaut und trotzdem blieb keine Energie zum sinnlosen Verheizen übrig. Die Passagiere im Tauchboot mussten warm angezogen sein.

„Ich drehe eine Runde um die Insel", funkte Kimi. „Ich möchte prüfen, ob alle technischen Mängel beseitigt sind und die Schrauben ordentlich arbeiten. Außerdem würde ich gern einen Abstecher in die Lagune machen, um die Einfahrt auszukundschaften."

Kattha, die das Video von Zarahs Tauchgang aufgerufen hatte und immer wieder anschaute, schreckte hoch. „Sie drehen keine Runde zum Spaß um die Insel", sagte sie bestimmt. „Dafür ist keine Zeit. Grasen Sie den Meeresgrund ab, nehmen Sie Messungen vor und finden Sie zum Teufel ein paar große Diamanten." Sie hielt die Hände in der Größe eines Fußballs auseinander.

„Ich habe genug gesucht", fand Kimi. „Jetzt geht es um das Tauchboot und die Ausrüstung."

„Längst nicht", widersprach Kattha. „Wenn hier draußen keine zu finden sind, dann gewiss im Inneren der Lagune. Holen Sie mir Diamanten hoch. Dringend." Ihre Hände rutschten auseinander. Es hätte ein Medizinball darin Platz gefunden.

Nach einem deutlichen Augenrollen nickte Kimi, das war

durch die Glaskuppel zu sehen. Sie reckte einen Daumen hoch. „Ich weiß zwar nicht, wie Rohdiamanten aussehen, aber falls ich welche sehe, sammle ich sie ein."

„Sie werden einen Rohdiamanten erkennen, wenn Sie einen sehen, da bin ich sicher", schickte Kattha hinterher. „Außerdem möchte ich jeden Tauchgang filmisch dokumentiert haben. Wer weiß, wozu das mal nützlich sein könnte."

Kimi zögerte etwas mit der Antwort: „Wofür könnten diese gewaltigen Datenmengen nützlich sein? Die wird niemals jemand durchsehen. Das ist wie mit Oma Ernas alten Familienfotos, die schaut auch keiner mehr an."

„Die werde ich ansehen", murmelte Kattha. „Das werde ich ganz gewiss, wenn Sie behaupten keine Diamanten gefunden zu haben. Womöglich wollen Sie mich bescheißen und unterschlagen Ihren Fund."

Kimi hatte den letzten Satz nicht verstanden. Sie hielt sich die Hand ans Ohr und forderte damit eine Wiederholung, die Kattha freilich nicht geben wollte. Kattha schickte Kimi mit einer Handbewegung davon und Kimi schaltete die Motoren des Tauchbootes an und ließ das Gefährt langsam absinken.

Palu beobachtete, wie die Wellen gegen die Glaskuppel schwappten. Sie hörte das Plätschern und Gurgeln, das vom Tauchboot ausging. Es waren ungewohnte Geräusche, vielleicht am ehesten mit dem zu vergleichen, was bei Sturm manchmal rund um die Lagune passierte. Dort gab es im felsigen Untergrund Vertiefungen und Löcher, in die ein heftiger Sturm das Meerwasser spülte. Wenn eine große Ladung Wasser auf einmal in eines dieser Löcher gekippt wurde, gluckerte und schwallte es laut und heftig. Die Kinder glaubten, ein Riese würde unter der Insel schlafen und das Wasser in seinen aufgerissenen Rachen gelangen. Manchmal klang es tatsächlich wie ein verschluckter Husten.

Die Luftblasen stiegen rings um das Tauchboot auf. Große weiße Blasen bildeten einen Teppich, der sich über der Glaskuppel schloss. Gleichzeitig flammten in grellem Weiß die beiden Scheinwerfer vorn an der Depp Down Low auf. Obwohl das Boot rasch tiefer sank, konnte Palus geschultes Auge sehr lange die kreisrunde, deutlich glattere Fläche im Wasser erkennen. Freilich hatte das Meer überall Wellen, aber dort, wo das Tauchboot war, schienen sie flacher und leichter zu sein. Es war Übung, die alle Motu innehatten. Palu konnte das Tauchboot mit den Augen verfolgen, obwohl es über Wasser nicht zu sehen war und Kimi bald eine Tiefe von tausend Metern meldete. Die Wellen verhielten sich anders, dort, wo das Boot war. Das Meer hatte eine andere Farbe, war dunkler und weniger glitzernd. Die Spur war deutlich wie ein Streifen aus greller Leuchtfarbe.

„Wo sind Sie, Kimi?", wollte Kattha nach einer Weile wissen. „Haben Sie den Eingang zur Lagune erreicht?"

Palu wollte auflachen. Das Tauchboot hatte gerade den Rand der Insel erreicht, der von dieser Stelle auf der Plattform gesehen werden konnte. Bis zum Eingang in die Lagune dauerte es vermutlich eine halbe Stunde oder länger, je nachdem, wie die Strömung verlief und wie tief das Boot tauchte. Wenn die Deep Down Low den Meeresgrund absuchen sollte nach wertvollen Diamanten, würde es länger dauern.

Palu suchte den Himmel nach Vögeln ab und studierte die Wolken. Das Oben und das Unten gehörten zusammen, deshalb konnte sie anhand des Himmels erkennen, wie die Strömungen unter Wasser verliefen. Die Wolken bewegten sich rasch, es windete. Sie war nicht so gut in Wetterkunde wie Faha, aber ihrem Gespür nach braute sich ein Unwetter zusammen. Wenn das tief daherkam, schaffte es vielleicht den Anstieg über die Berge der Insel nicht und blieb dort hängen. In dem Fall wurde das Unwetter sehr viel schlimmer. Palu hielt die Arme ein Stück höher und drehte sie in den Wind. Manchmal, wenn das Gewitter stark wurde, konnte man es regelrecht auf der Haut fühlen. Wie das Kribbeln einer Ameisenhorde reizte es die Sinne und die Härchen und verursachte den unbedingten Drang sich zu kratzen. Palu wischte sich über die Unterarme. Es kitzelte. „Ein Gewitter zieht auf, ein heftiges Gewitter. Kimi wird den Weg zurück nicht schaffen."

„Gewitter." Kattha richtete den Blick zum Himmel. „Man müsste tatsächlich ein neues Wort erfinden, das genau diesen blauen Himmel beschreibt. Ein paar Wölkchen, die sind nicht der Rede wert. Die verziehen sich."

„Die formieren sich", widersprach Palu. „Die werden bald größer, dunkler und gefährlich. Glauben Sie mir, es zieht ein heftiger Sturm auf. Sehen Sie die starken Ausschläge nicht, die die Bäume an den Berghängen machen."

Berge und Berghänge waren es für diese Insel durchaus. Jemand, der aus Europa kam oder gar aus dem Himalaya, würde für diese Inselerhebungen höchstens das Wort *Hügel* benutzen.

„Papperlapapp." Diese Warnungen wollte Kattha nicht hören. „Berge. Hänge. Da kann ich bloß herzhaft lachen. Maria, liegen uns Wetterwarnungen vor?"

Maria zuckte wie von einem Peitschenschlag getroffen zusammen. Sie riss das Futteral auf und holte das Tablet hervor. „Nein", sagte sie, nachdem sie auf dem Display gewischt hatte. „Keine Warnungen vor Gewittern." Sie runzelte die Stirn. „Der Wind frischt auf. Es scheint sich ein Taifun zu bilden, dessen äußerste Ausläufer uns streifen könnten. Während der Nacht sollten wir keine losen Gegenstände an Deck lassen."

„Ja, ja", murrte Kattha. „Geben Sie diese Info dem Personal weiter. Ich kann mich nicht auch noch darum kümmern."

„Welchem Personal?", fragte Maria mit verhuschter Stimme. „Der Kapitän und die Mannschaft sind fort."

„Feige Bande", konterte Kattha. „Müssen eben die anderen nach Ordnung gucken. Und dieses Mädchen ist ja noch da. Dieses eingeschüchterte dämliche Ding, das einem wie eine Katze ständig durch die Beine läuft. Irgendwann, wenn sie mich länger nervt, schubse ich sie über die Reling."

Im Funkgerät knackte es. „Tauchboot an Plattform, bitte kommen."

„Hier Plattform." Kattha griff das Funkgerät schneller als Cathay. „Haben Sie Diamanten gefunden?"

„Ich bin auf einen Schwarm Jackfische gestoßen, der sich merkwürdig verhält", berichtete Kimi. „Die Fische tummeln sich rund um das Tauchboot und lassen es gar nicht mehr los. Ich bin umgeben von Fischleibern."

„Was kümmern uns Fische?" Kattha ließ sich auf ihren Stuhl

sinken. „Steine sind es, die mich interessieren, keine dummen Fische. Die sind kalt, glitschig und überaus doof."

„Die Sicht ist gleich null. Ich kann nicht sehen, wohin ich fahre, solange die Jackfische derart dicht ums Boot schwimmen. Die machen mir das Radar ganz verrückt, ich sehe bloß rote Fläche auf dem Schirm. Am Meeresgrund ist absolut nichts zu erkennen, weil die Fische meine Kamera blockieren."

Palu machte einen Schritt näher zu Kattha. „Die Fische spüren den Wetterumschwung und verziehen sich in tiefes Wasser. Kimi sollte zurückkommen, ehe es für sie zu spät ist." Palu dachte kurz nach und spielte den Trumpf aus, den sie hatte: „Wenn Ihr Tauchboot durch den Sturm beschädigt wird, haben Sie keine Möglichkeit mehr, um in die Tiefe vorzustoßen. Sie müssten aufgeben."

„Welcher Sturm?", herrschte Kattha Palu an. „Es zieht kein Sturm auf. Schau in den Himmel, kleine Inselfrau. Das Wetter ist bestens, es ist ein weiterer perfekter Tag in eurem makellos beschissenen Paradies."

Palu fragte sich, ob Kattha die Veränderungen nicht sehen konnte oder schlicht nicht sehen wollte. Die Wolken waren dichter geworden. Keine einzelnen Schäfchen, die über den Himmel verstreut lagen. Sie nahmen Tuchfühlung auf, quollen empor und binnen einer Stunde, da war Palu sicher, würden die Wolken dunkelgrau bis schwarz sein. Der sicherste Platz für die Deep Down Low war am Grund der Lagune. Dort, wo der Sturm nicht hinlangte. Tausende Meter unter den Wellen.

„Was machen die Wasserwerte?", wollte Kattha wissen.

„Cathay? Was machen die Werte?"

Cathay ratterte eine Liste an Werten herunter, die Palu kaum verstand. Sie war nicht dumm, hatte aber in Sachen Wasserchemie bloß einen groben Überblick. Sie wollte eher versuchen, die Leute zum Zusammenpacken zu bewegen, deshalb trat sie neben Maria. „Es zieht wirklich ein Sturm auf", beharrte Palu. „Sie müssen Ihre Chefin dazu bekommen, hier alles aufzuräumen und an Bord zu gehen. Es wird ungemütlich."

Mit der Mappe vor der Brust stand Maria auf der Plattform wie bestellt und nicht abgeholt. Sie glaubte Palu, das war an ihren Augen zu erkennen. Mit einem Rundumblick prüfte Maria, ob irgendwelche Aufmerksamkeit auf sie gerichtet war. Die Wächterinnen schienen im Stehen zu schlafen, sie rührten sich nicht. Cathay und Kattha waren in die Analyse der Daten vertieft und diskutierten über die Interpretation einiger Werte.

Die verbliebene Crew an Bord der Yacht schrubbte mit wenig Elan das Deck oder zog lustlos einen Lappen über die Fenster oder streichelte mit einem Schwamm die Salzverkrustungen von der Reling. Die drei Frauen, die von der ursprünglichen Crew übrig waren, wirkten müde und erschöpft, niemand zeigte annähernd den Enthusiasmus, den Kattha von ihren Leuten erwartete. Vielleicht bereuten sie, es nicht genauso gemacht zu haben wie die Bootscrew. Für zehn Millionen pro Nase hatte die Kapitänin sich mit ihren Leuten aus dem Staub gemacht. Mit dem gekaperten Beiboot waren sie auf und davon und hatten Kattha, Cathay, Maria und fünf weitere Frauen zurückgelassen. Alle außer Kattha hätten das Angebot bestimmt auch angenommen, wenn die Crew sich nicht derart übereilt abgesetzt hätte. Es musste wohl sein. Hätte Kattha Wind davon bekommen, hätte sie eher alle erschossen als auch nur eine gehen zu lassen.

„Das Problem", flüsterte Maria, nachdem sie sich seitlich gedreht hatte, um Kattha im Auge zu behalten, „ist die Zeit. Das Tauchboot muss nächste Woche in Kanada ankommen. Es bleiben nur heute und morgen, um Ergebnisse zu bekommen, denn ohne das Tauchboot ist Doktor Kattha verloren. Ohne das Tauchboot kann sie weder ihre Forschung betreiben, noch die Diamanten holen, die sie so dringend braucht. Wenn sie die Diamanten hat und für viel Geld verkaufen kann, wird sie sich ein Tauchboot beschaffen, ein eigenes, um weiter zu forschen. Wenn sie erst reich ist, wird sie die Evolutionsforschung völlig auf den Kopf stellen und bahnbrechende Ergebnisse liefern. Ihr seid das Ergebnis, die Sensation, die sie der Welt liefern wird. Es heißt, man könne sich mit Geld nicht alles kaufen, aber Doktor Kattha wird sich mit ihrem Reichtum Anerkennung und Respekt in der wissenschaftlichen Welt kaufen. Da ist das Wetter ihr völlig egal."

Palu spürte, wie die Farbe aus ihrem Gesicht wich. Das Blut sackte aus dem Kopf in die Beine und machte die Füße schwer wie Blei. Der auffrischende Wind ließ die Wellen rund um die Plattform höher werden und Gischt spritzte Palu gegen die hängenden Arme.

Sie erinnerte sich. Die Schweiz. Diese immens hohen Berge flößten ihr große Ehrfurcht ein, als sie sie das erste Mal sah. Auf Motu gab es Berge, die im Vergleich mit diesen gewaltigen Höhen wie kleine Komposthügel wirkten. Der Strand lag einen halben Meter über dem Meeresspiegel und der höchste Berg, der Wealili erreichte zweihundert Meter, sofern man die höchste Palme dort mitzählte. Die anderen Berge, die die Lagune säumten, blieben darunter. Sie waren zwischen hundert und hundertfünfzig Meter hoch, abhängig davon, wie viel vom ursprünglichen Vulkan die Erosion bereits abgetragen hatte.

Als sie ein Teenager war, hatte ihre Mutter sie in die Schweiz mitgenommen. Zuerst waren sie nach Pohnpei mit dem Boot gefahren. Eine stundenlange Fahrt über das Meer in gleißender Sonne. Auf Pohnpei staunte Palu über die hohen Häuser, den befestigten Hafen, die vielen, vielen Menschen. Einander fremde Menschen, die nicht grüßten, selbst wenn man ihnen ein Lächeln schenkte. Die Türen zu den Wohnhäusern waren verschlossen, man achtete auf Abstand zueinander. Es war Palu völlig fremd. Sie fühlte sich unwohl, fehl am Platz, überflüssig. „Keine Angst", beruhigte ihre Mutter. „Du gewöhnst dich daran."

Von Pohnpei aus nahmen sie das Flugzeug nach Majuro. Zwei Stunden eingeklemmt in einem Sitz, der ihr viel zu groß schien und gleichzeitig zu klein war, um frei darin atmen zu können. Die Kraft der Maschine, die hoch in die Luft stieg, flößte ihr Respekt ein. Sie hatte ein Kribbeln im Bauch und musste die ganze Zeit aus dem Fenster sehen. So hoch über dem Meer konnte sie die Strömungen erkennen, die Richtung der Wellen, die Tiefe unter den Kämmen. Das Meer, das die meisten übrigen Passagiere ignorierten, war ihr wie ein Buch, das sie lesen konnte.

In Majuro mussten sie sich sputen, um den Anschlussflug nach Honolulu zu bekommen. Fast fünf Stunden harrte Palu zwischen ihrer Mutter und einer dicken Frau aus, die die ganze Zeit schlief. Palu musste nach dem Essen auf Toilette, aber sie wollte die Frau nicht wecken, deshalb führte der erste Weg in Honolulu in die Waschräume.

Mittlerweile war Palu müde, andererseits war die Reise viel zu aufregend und interessant, um in den Schlaf zu finden. Jede Sekunde wollte sie erleben und alles sehen, was der Transitbereich des Flughafens zu bieten hatte. Sie spazierte durch die Geschäfte, in denen von Lebensmitteln bis Kleidung, von billigem Plunder bis zu teuren Taschen wirklich alles angeboten wurde, was Palu sich vorstellen konnte. Sie blieb lange vor dem Schaufenster eines Juweliers stehen und bewunderte die Schmuckstücke, die funkelnd und glitzernd in der Auslage auf eine Käuferin warteten.

„Weißgold und Diamanten", sagte ihre Mutter, „sind im Moment der totale Renner. Jede Frau, die etwas auf sich hält, möchte ein solches Schmuckstück haben."

Für kleinste Steinchen, die Palu mit dem bloßen Auge kaum sehen konnte und die man auf Motu weggeworfen hätte, wurden horrende Preise verlangt. Sie hatte kein Gespür für Geld, weil es auf Motu kein Geld gab und sie niemals welches brauchte, aber sie ahnte, wie sehr die langen Ziffernreihen die Menschen der westlichen Welt ins Schwitzen brachten.

„Um einen solchen Ring zu bezahlen", erklärte ihre Mutter, „muss man ein ganzes Jahr lang arbeiten. Von Montag bis Freitag, jeden Tag acht Stunden lang. Dann hat man genügend Geld beisammen, um diesen Ring zu kaufen."

Nur den Ring. Kein Essen, keine Kleidung, keinen Wohnraum. Palu begriff das System schnell. Alles kostete Geld, selbst das Wasser, das man trinken wollte. In Honolulu bekam sie zum ersten Mal Geldscheine in die Hand gedrückt, um sich Wasser und ein Sandwich zu kaufen. Daheim auf Motu hatte sie Wasser aus den Vorratsbehältern geholt und sich Sandwiches gemacht mit den Zutaten, die im Haus waren. Das Brot backte die Mutter selbst, die Eier kamen von den Hühnern, die Mangos wuchsen am Baum, der Salat auf dem Feld, die Avocados im Wald. Geräucherten Fisch mochte sie gern auf dem Sandwich, der hing in der Räucherkammer und brauchte nur geholt zu werden.

Palu fand den Flughafen in Honolulu riesig und war vollkommen überwältigt von dem in San Francisco. Nachdem sie hin und her gelaufen war, schlief sie im Wartebereich ein und war müde, als sie den letzten Flieger nach Zürich bestiegen. Ein sehr langer Flug, den sie schlafend hinter sich brachte.

Palu hatte sich gefragt, warum die Mutter ihr eine lange Hose und eine Jacke ins Handgepäck tat, aber sie war froh darum, denn in Zürich pfiff ein eiskalter Wind um die Ecken und aus dem Himmel fiel gefrorener Regen, der eiskalt war.

„Graupel", erklärte die Mutter. „Es ist November und wird bald schneien. Bevor Schnee fällt, kommt meist Graupel aus dem Himmel."

An diesem Tag sah Palu viele Dinge zum ersten Mal in ihrem Leben. Sie lernte dicke Schneeflocken kennen und die Vorteile eines warmen Schals. Sie verliebte sich in frische Brezen, die sie in einer Bäckerei mit viel Butter aßen. Butter war auch etwas, das sie zuvor nicht probiert hatte. In einem Schuhgeschäft erstand sie das erste Paar Stiefel ihres Lebens und wenig später rutschte sie auf einer Eisplatte übel aus und knallte auf den Hintern. Sie betrat das Geschäft einer Händlerin und lernte durch Beobachtung, wie interessant und wertvoll die Steine der Insel Motu für die Händlerin waren.

„Oh", machte sie langgezogen und beeindruckt, als die Mutter die Steine aus einem Stoffsäckchen auf die schwarze Auslage schüttete. „Oh."

Die Mutter verteilte die Steine mit der Hand, damit jeder einzeln lag, ehe sie ein zweites Säckchen hervorholte und den Inhalt in eine Ecke des Samttuches kippte. „Das hier ist eine kostenlose Dreingabe", sagte sie. „Damit lässt sich nur wenig anfangen." Es waren winzige Steinchen, aus denen Palu und die kleinen Kinder daheim ein Glitzerbild gebastelt hätten, aber die Händlerin freute sich riesig über das Geschenk, aus dem fingerfertige Goldschmiede Ringe, Broschen und anderen Schmuck für einen nicht ganz so großen Geldbeutel herstellen würden.

Die Händlerin mit ihren langen weißen Fingernägeln hatte sofort nach dem größten Stein gegriffen und beguckte ihn durch eine Lupe, die sie sich vors Auge klemmte.

„Ausgezeichnete Qualität", sagte die Mutter. „Wie Sie es von uns gewöhnt sind. Es sind vier lupenreine Steine von überraschender Größe dabei."

Diese Steine waren viel größer als jene, die Palu bei den Juwelieren an den Flughäfen gesehen hatte. Dort konnte man die größten Steine gut erkennen, aber diese Steine hier waren dreimal, viermal so groß, manche sogar noch größer.

„Keine Einschlüsse", fuhr die Mutter fort. „Absolute Klarheit." Sie friemelte etwas aus der Hosentasche und Palu erkannte den Zeitvertreib ihrer Mutter. Die letzten Wochen war sie lange an diesem Stein gesessen, um ihn in diese Form zu schleifen. Das dauerte, denn der Schleifmaschine ging nach einer halben Stunde der Akku aus und man musste ihn wieder zehn Stunden in der Sonne aufladen.

„Dieser Stein hier", sagte die Mutter, „ist von seltener roter Farbe und er funkelt in einer unglaublichen Brillanz. Er wiegt hundertzweiundvierzig Gramm. Er ist geschliffen, aber wenn Sie möchten, können Sie ihn natürlich teilen oder in eine andere Form schleifen."

„Das wäre ein Frevel", hauchte die Händlerin. Sie war hin und weg von den Steinen, ganz im Gegensatz zu Palu. Sie sah solche Steine an allen Ecken Motus. Manche fädelten sie nach dem Schleifen auf Schnüre, um ein Windspiel daraus zu machen, andere sammelten sie in Säckchen, um sie bei der nächsten Reise in die Schweiz zu verkaufen. Das Verkaufen machte mancher Motu so viel Spaß, weil der Gesichtsausdruck der Käuferin unbezahlbar war, voll Überraschung, Ehrfurcht und einer grenzenlosen Gier nach immer mehr Steinen.

Die Händlerin auf der Tischseite gegenüber konnte kaum noch atmen. Sie versuchte sich unter Kontrolle zu halten, was ihr nur mühsam gelang. Ihre Finger zitterten, als sie Stein nach Stein, Rohdiamanten und geschliffene Diamanten durcheinander, genauer anschaute. Besonders der von der Mutter geschliffene Stein hatte es ihr angetan. „Unglaublich", brachte sie hervor. „Für diesen betörend schönen roten Stein müsste ein neues Farbspektrum, ja sogar eine völlig neue Kategorisierungstabelle erfunden werden. Ich habe noch nie einen Stein mit diesem Schliff gesehen, einen Stein, der auf diese unbeschreibliche Weise funkelt und glitzert und das Licht bricht. Es ist phänomenal."

Palu langweilte sich bald. Sie saß mit baumelnden Beinen auf ihrem Stuhl und guckte ringsum in die Vitrinen, wo andere Steine in Schmuckstücken ausgestellt waren.

„Das", erklärte die Assistentin der Händlerin, „sind Edelsteine aus allen Teilen der Welt, verarbeitet in die exquisitesten Schmuckstücke. Diese blauen Steine hier sind Smaragde aus Sri Lanka. Die Rubine kommen aus China und das Gold aus den tiefsten Minen Südafrikas." Sie ließ diese Worte wirken, obwohl Palu sich unter Südafrika oder China kaum etwas vorstellen konnte. Es waren Länder, die sie aus dem Unterricht kannte, aus dem Internet.

„Alle weißen Diamanten", sagte die Assistentin weiter, „die in diesem Raum aufbewahrt werden, stammen von eurer Insel Motu. Es sind die besten und reinsten Diamanten der Welt. Für dieses Schmuckstück", trat sie zu einer Vitrine, „hat ein Kunde aus dem Emirat Katar viele Millionen Dollar bezahlt. Er wird es Ende der Woche abholen, um es seiner Gattin zu schenken."

Es war eine Halskette aus Weißgold mit einem großen Anhänger, ein walnussgroßer, weiß funkelnder und glitzernder Diamant, umgeben von mitternachtsblauen Saphiren. Im Licht funkelte das Schmuckstück wie Sterne, die man auf die Erde geholt hatte.

Ein Armreif aus Jade lag in einer anderen Vitrine. „Die Preise sind geheim", sagte die Assistentin. „Es wird nicht darüber gesprochen. Der unbekannte Preis ist ein Teil des Mythos dieser Steine. Auch das kaufen unsere Kunden gerne. Je geheimnisvoller die Geschichte oder der Preis eines Steines ist, desto beliebter wird er."

Palu guckte sich den Schmuck an. Sie durfte nebenan im anderen Zimmer einige Ringe anprobieren, Ketten anlegen und Broschen bewundern.

„Möchtest du einen Ring haben?", fragte die Mutter am Ende der Verhandlungen, als die Händlerin mit breitem Lächeln dastand und zufrieden anbot: „Es wäre mir eine Freude, wenn ich dir diesen Ring schenken dürfte, eine wirklich große Freude."

So gelangte Palu in den Besitz ihres einzigen Schmuckstücks. Sie trug am Mittelfinger der rechten Hand einen Ring aus Platin, der ringsum mit dunkelblauen Saphiren besetzt war. Ein wunderschönes Funkeln und Glitzern begeisterte Palu und sie nahm den Ring lange nicht mehr ab.

„Weißt du", schmunzelte die Mutter wenig später beim Mittagessen in einem Zürcher Restaurant, „du trägst einen Ring am Finger, von dessen Gegenwert sich man hier in der Stadt ein Haus kaufen könnte."

Über die Bedeutung von Geld grübelte Palu noch zwei Jahrzehnte später, als sie von ihrer Weltreise zurück nach Motu gekommen war. Vielleicht war Geld ihr nicht wichtig, weil sie stets eine immens große Menge davon hatte. Es spielte keine Rolle, wie teuer eine Universität war, wie viel man hinblättern musste, um eine Wohnung zu mieten oder wie schnell die Preise für Heizenergie und Lebenshaltung stiegen. Auf Palus Kreditkarten fand sich immer genug Geld und wenn sie das Gefühl hatte, das Geld könnte knapp werden, genügte ein Besuch in der Schweiz bei der freundlichen Händlerin, die stets Bedarf an Steinen hatte. Palu schaute nicht immer selbst dort vorbei. Es gab viele Motu, die in der Welt verstreut lebten oder umherreisten. Sie standen in Kontakt und wenn jemand in der Nähe war, wurde bei der Händlerin vorbeigeschaut. Die Einnahmen verteilte man auf mehrere Konten und schon war der monetäre Bedarf aller Motu wieder für eine Weile gedeckt. Geld bedeutete den Motu so viel wie anderen Leuten Kekse, die man untereinander nach Belieben aufteilte.

„Brauche Geld", war eine häufige Textnachricht, die Palu im Gemeinschaftschat zu lesen bekam. Meist dauerte es bloß Minuten, bis jemand zurückschrieb: „Hab dir vierzig Millionen überwiesen."

Palu hatte auf ihren eigenen Konten Millionen liegen, von denen sie selbst oft Geld an andere Motu überwies. Hier auf der Insel hatte sie ohnehin wenig Verwendung für Geld und sie hatte nicht vor wegzugehen. Die Erträge ihres angelegten Geldes reichten sogar aus, um eine kleine Volkswirtschaft herauszufordern.

Die Kinder und Jugendlichen, die gingen meist für einige Jahre in die Welt, um dort zu lernen und zu leben. Manche kamen nie mehr zurück, viele nach zwanzig, dreißig Jahren. Wer die Welt gesehen hatte, wer genug von der Welt gesehen hatte, fand in der Schlichtheit Motus einen tiefen inneren Frieden.

Palu dachte an die Diamanten, die sie in ihrer Hütte hatte. Eine ganze Kiste voll war es. Vier, fünf Kilogramm an Steinen unterschiedlicher Größen. Viele waren haselnussgroß, einige groß wie Wachteleier und manche hatten sogar die Größe eines Golfballs. Sie hatte niemals das Gefühl, ihr könnte das Geld knapp werden, denn wann immer sie einen Tauchgang zum Grund der Lagune machte, fand sie weitere Diamanten, die der schweizerischen Händlerin zweifelsohne Atemnot bereiten würden. .

So viel Geld, so viel Reichtum. Für die Begriffe der übrigen Menschheit waren die Motu sehr, sehr reich und trotzdem fiel Palu keine Lösung für das Problem mit der Forscherin ein. Gerade mit Geld ließ sich diese Sorge nicht aus der Welt schaffen. Sie knabberte an ihrer Unterlippe herum, bis sie Blut schmeckte. Als sie über den schwimmenden Steg zurück auf die Insel kam, wurde sie von Elba erwartet. Er stand mit einem Speer in den Händen da und nestelte an einem Band um den Griff herum.

Palu nickte auf den Speer. „Ziemlich altmodisch, oder? Damit wirst du niemanden verscheuchen."

Elba hob das Kinn stolz in die Höhe. „Ich wollte ein Video für meinen Internetauftritt drehen. Leider macht das Wetter nicht mit. Ein heftiger Sturm zieht auf. Da hätte ich mir die Stammestracht sparen können."

Den Begriff fand Palu übertrieben für ein simples Blätterröckchen, das ihm gerade mal über den Hintern reichte. „Du trägst nicht mal Bemalung und dein Kopfschmuck fehlt obendrein."

„Ist mir zu viel Aufwand", winkte Elba ab. „Ich möchte

zeigen, wie mit einem Speer gefischt wird. Da sieht man mich bloß vom Nabel abwärts." Er hielt Palu am Arm fest, die an ihm vorbei ins Dorf wollte. „Was ist mit der Hexe? Was heckt sie aus?"

Palu schaute zurück zur Yacht. Im Hintergrund waren die Wolken sehr, sehr dunkel geworden. „Sie forscht uns aus. Sie hat ein Video dabei, auf dem ein Motu zu sehen ist, der für mehrere Stunden taucht. Außerdem weiß sie von den Diamanten, die wir in der Schweiz verkaufen. Sie möchte selbst welche finden, um damit ihre Forschung zu finanzieren. Ich fürchte", seufzte Palu, „wir werden diese Frau nicht mehr los."

„Weiß sie, wo genau die Diamanten zu finden sind?", wollte Elba wissen. „Vielleicht können wir ihr vorgaukeln, es wären keine Steine mehr da. Wenn sie immer im offenen Meer tauchen lässt, kann sie lange suchen. Dort findet sie keine Diamanten, bloß Riffgestein."

„Sie hat natürlich die Lagune im Verdacht." Palu dachte kurz nach. „Ist auch rational, wenn man die geologischen Gegebenheiten berücksichtigt. Blöd ist sie nicht, diese Frau."

„Da liegen nicht mehr so viele Steine herum wie vor einigen Jahren", sagte Elba. „Man muss suchen, um große Steine zu finden. Man muss Glück haben und oft im Bodengrund wühlen. Es lassen sich kleine Steine einfach so finden, für die großen Brocken muss man wühlen."

„Elba", sagte Palu nachsichtig, „für uns sind es kleine Steinchen, die wir meist liegenlassen, aber für jemanden wie Kattha, der keinen einzigen Diamanten besitzt, ist es ein im Schlick liegendes Vermögen, das schlicht eingesammelt werden möchte." Palu spürte eine heftige Sturmböe im Gesicht und drehte sich aus dem Wind. „Das Tauchboot kann nicht im Grund wühlen, man würde nichts mehr sehen im aufgewirbelten Staub."

„Man sieht absolut nichts mehr", schmunzelte Elba. „Auch unsereins muss mit den Händen tasten und ein Tauchboot kann das nicht."

Palu fasste einen Entschluss. „Ich möchte dich bitten die Lagune aufzuwirbeln. Nimm dir einige Leute mit und wühlt den Grund der Lagune durch. Wenn Kimi dort taucht und nichts erkennen kann, wird Kattha hoffentlich unverrichteter Dinge wieder abreisen. Ihr müsst vorsichtig sein. Kimi wollte in die Lagune für einen Tauchgang und sie soll euch nicht sehen, wenn sie tief in der Lagune den Sturm abwarten muss."

„Machen wir", nickte Elba. „Allerdings bleibt das aufgewühlte Sediment nicht ewig im Wasser stehen. Die Partikel setzen sich bald wieder. Ein paar Stunden lang hilft es vielleicht, spätestens in der Nacht ist das Wasser wieder glasklar."

„Ein Versuch", sagte Palu. „Mehr ist es nicht."

Kapitel 9

Nachdem sie den Sturm in ihrer Hütte abgewartet hatte, machte Palu sich auf den Weg zur Lagune. Von den Bäumen tropfte der Regen, der Sand war hart wie Beton. Sie hörte die Vögel zwitschern und die Sonne, die sich durch die Wolken stahl, funkelte ihr in die Augen.

Das Meer kochte. Nach einem Sturm dauerte es manchmal mehrere Tage, bis das brodelnde Wasser sich wieder beruhigt hatte und die Insel Motu schön wie gewohnt inmitten einer Idylle lag. Das sonst türkisblaue Wasser rund um die flachen Stellen vor der Insel war aufgewühlt und braun. Wo das Riff endete, bildeten Schaumkronen eine deutlich sichtbare Linie. Bestimmt waren vom Sturm Korallen abgerissen worden, die nun durchs Meer trieben und vielleicht anderswo eine neue Heimat fanden.

Palu erreichte den Rand der Lagune, nachdem sie dem Hauptweg zwischen zwei Bergen hindurch gefolgt war. Von vielen Jahren des Regens und der Gezeiten abgewaschener und glattgeschliffener Fels bildete ein gewaltiges Becken, das von einer Seite zur anderen einige hundert Meter fasste. Schwarzer Fels, der Überrest des Vulkans, der längst verloschen war.

Auch in der Lagune war das Wasser unruhig. Wellen schwappten über den blanken Felsen. Ein Delfin hatte sich verschwommen und zog nun in der Lagune seine Kreise. Ob er den Ausweg nicht finden konnte oder wollte? Wenn die Kinder das mitbekamen, waren sie schnell zur Stelle, um dem Delfin den Ausgang ins offene Meer zu zeigen.

Palu blieb auf dem Fels stehen und ließ das Wasser über ihre Zehen plätschern. Sie suchte die Oberfläche nach Anzeichen des Tauchboots ab. Wellen, Wellen, Wellen. In ihrer Muttersprache gab es für die unterschiedlichen Arten von Wellen eigene Worte. Überschlagene Wellen, brechende Wellen, dümpelnde Wellen. In Katthas Sprache brauchte es Adjektive, um die Wellen zu beschreiben, für die die Motu eigene Bezeichnungen hatten.

Die Wellen in der Lagune schoben spitze Kämme vor sich her. Sie brachen schnell, obwohl sie nur wenige Zentimeter hoch waren. Zackige Ränder. Solche Wellen malten die Motu-Kinder meistens als Zickzacklinie. Sie waren typisch für die Zeit nach einem Gewitter, wenn die ganze Energie sich erst einmal verteilen wollte.

Das Tauchboot hätte eine Spur in diesen gezahnten Wellen hinterlassen, wenn es da gewesen wäre. Palu konnte es nicht entdecken und war froh darum. Es wäre bei starkem Seegang an den Felsen zerschellt. Um das Boot ging es Palu dabei nicht, das war egal, es ging um Kimis Leben.

Schon kurz nach dem Unwetter schien Kimi ihre ursprüngliche Mission wieder aufzunehmen. Die letzten Wolken verzogen sich gen Westen und das Tauchboot umrundete die Insel und hielt auf den Eingang der Lagune zu. Es fuhr oberhalb des Wassers wie ein normales Boot. Dabei war die See aufgewühlt und unruhig. Unter Wasser wäre die Fahrt angenehmer verlaufen.

„Ich kann nichts sehen", maulte Kimi wenig später und stoppte das Tauchboot nahe bei Palu. Sie hängte eine Boje an das Tauchboot, damit es keinen Schaden nahm, sollte es gegen den Fels gedrückt werden. „Unter Wasser ist alles trüb, braun und grau. Die Sichtweite liegt bei unter fünf Metern. Da brauche ich nicht zu tauchen. Mit Scheinwerfern wird es schlimmer. So viele Schwebteilchen!" Sie schüttelte den Kopf mit den pinken Haaren und lehnte sich an den Einstieg des Tauchboots. „Mit so viel schlechtem Wetter haben wir nicht gerechnet. Die Langzeitvorhersage war deutlich besser."

Palu zuckte die Schultern. „Das Wetter hier lässt sich nicht leicht vorhersehen. Eine Stunde, zwei Stunden in die Zukunft kann man es ahnen, länger klappt es nicht." Sie zeigte auf die Berge. „Selbst aus heiterem Himmel bleiben manchmal Wolken an diesen Berggipfeln hängen, dabei sind die gar nicht hoch genug, um ihr eigenes Wetter zu machen."

Kimi streckte die Hand aus. „Wollen Sie an Bord kommen und mit mir tauchen? Ich muss runter, damit Kattha ihre Messdaten bekommt, auch wenn ich die Hand vor Augen nicht sehen kann. Vielleicht ist es in der Tiefe ja besser mit der Sicht."

Palu zögerte nicht. Sie ergriff Kimis Hand und ließ sich an Bord helfen. Die Deep Down Low wankte unter dem zusätzlichen Gewicht für einen Moment, aber es fühlte sich an wie ein normales Boot. Kimi lachte heiter. „Sind Sie schon einmal mit einem Tauchboot gefahren?"

Palu bekam den Platz auf der linken Seite. Es gab nur zwei Sitze und vom rechten aus steuerte Kimi das Boot. Zuerst verschloss sie den Eingang und kurbelte das Rad so lange herum, bis der Computer sein Okay meldete. Sie faltete ihre langen schlanken Beine in den Fußraum vor dem Sitz und legte die Hand an den Joystick. „Das wird alles mit dem

Joystick gesteuert. Früher brauchte man mehrere Leute, um ein Tauchboot zu bedienen, heutzutage erledigt der Computer die meiste Arbeit."

Luftblasen blubberten rund um die Plexiglaskuppel, als das Tauchboot in das hellbraune Meerwasser zu sinken begann. Es surrte und summte und Palu spürte einen Druck, der sich auf ihre Ohren legte.

„Dieses wunderbare Tauchboot", verkündete Kimi voll Stolz, „ist für Tiefseeexpeditionen gemacht. Es kann bis zu zwanzig Stunden tauchen und dabei eine Tiefe von elftausend Metern erreichen." Sie ließ diese Worte kurz wirken. „Ich bin sicher, das Boot könnte noch tiefer tauchen, allerdings gibt es auf der Welt keinen Punkt, der tiefer liegt. Es war im Marianengraben, letztes Jahr im Dezember. Forscher haben dort asselartige Tiere entdeckt und untersucht. Ich habe sie eingefangen in kleine Glaskästen und an die Oberfläche gebracht. Die Deep Down Low kann man nur mit mir zusammen mieten. Ich kenne mich aus mit diesem Tauchboot. Es ist quasi mein Baby."

Sie drückte und schob den Joystick und brauchte nur manchmal die andere Hand, um einen Knopf zu drücken. Das Boot tauchte langsam in die Tiefe. Ringsum war das Meer von einem dumpfen Grau, eben der Farbe, die es nach einem heftigen Sturm hatte. Sediment wirbelte herum, die Sichtweite lag bei wenigen Metern.

„Ich war dort", fuhr Kimi fort, „im Marianengraben. Ich arbeite nicht direkt für Kattha, sondern für die Firma, die das Tauchboot vermietet. Ich bin die Pilotin. Niemand außer mir darf das Tauchboot fahren." Sie saß völlig entspannt in ihrem

Sitz und schaute durch die Scheibe in das trübe Äußere. „Der Auftrag im Marianengraben war toll. Ich habe Doktor Yakamoto kennengelernt. Er ist führend im Gebiet der Tiefseeforschung. Zusammen haben wir Aufnahmen vom Sechskiemerhai gemacht. Zuletzt haben wir einen Walkadaver in fünftausend Meter Tiefe fixiert und einige Kameras installiert, die die Zersetzung des Wals filmen. Nächstes Jahr im Januar werden wir die Kameras hochholen. Ich bin gespannt, wie der Wal sich verändert hat. Ob überhaupt etwas von ihm übrig ist, wenn die Organismen der Tiefsee sich an ihm sattgefressen haben."

Draußen war das sedimentgeladene Schlechtwettergrau einem undurchdringlichen Dunkelblau gewichen. Das Meer hatte seine gewohnte Farbe, allerdings befanden sich sehr viele Schwebteilchen im Wasser, die die Sicht auf wenige Meter begrenzten.

„Das ist Staub", sagte Kimi. „Staub, totes Plankton, aufgewirbeltes Sediment. Stürme haben große Kraft und stülpen die Schichten des Meerwassers oft um. Das Unterste wird nach oben gekehrt. Habe ich bei Doktor Yamamoto gelernt."

Mit zwei starken Scheinwerfern versuchte Kimi die Dunkelheit zu durchdringen. „Das ist mein Problem. Die vielen Schwebteilchen reflektieren das Licht und ich kann bloß zwei, drei Meter weit sehen. Vielleicht wird es in der Tiefe besser." Sie zeigte auf eine digitale Anzeige. „Hier können Sie sehen, wie tief wir sind."

Siebenhundert Meter. Palu saß aufrecht in ihrem Sitz und hielt die Hände fest um die Knie geschlossen. Sie versuchte ruhig und entspannt zu sein, aber ihr Herz klopfte ihr bis zum Hals.

„Irgendwie ist Kattha der Idee verfallen, Ihr Volk könnte bis zum Grund dieser Lagune tauchen." Sie deutete auf eine weitere Anzeige. „Hier sehen Sie, wie groß der Druck ist, der auf dem Tauchboot lastet. Das ist mehr, als wenn Sie an Land unter einem Lastwagen liegen würden." Sie lachte kurz auf. „Kein Mensch kann diesen Umweltbedingungen widerstehen. Man braucht Spezialausrüstung, um so tief tauchen zu können. Luft anhalten und runter – das geht nicht. Auch dieses Mädchen, das angeblich sechzig Meter aus dem Stand geschafft hat… Ich glaube, das war eine Fehlfunktion der Sensoren. Cathay hat die Sensoren mal getestet und eine Tiefe von achtundzwanzig Kilometern gemessen, obwohl sie bloß die Zehen im Wasser hatte. Die sind Pfusch, diese Sensoren." Sie seufzte schwer. „Kattha glaubt es aber. Sie lässt sich nicht von ihrer Meinung abbringen. Eine echt verrückte Frau, wenn Sie mich fragen. Ich bin froh, wenn dieser Einsatz morgen vorbei ist. Zwischen elf Uhr und Mitternacht wird das Boot erwartet, das mich und die Deep Down Low abholt." Sie guckte kurz quer durch die Kuppel. „Bin ich froh, wenn ich hier wegkomme. Wissen Sie, es war nicht die Rede davon Menschen ertrinken zu lassen oder Diamanten zu suchen. Eine Tiefseeexpedition sollte es sein, mehr nicht. Das, was hier abläuft, ist die krasseste Forschungsreise, die ich je erlebt habe."

Bei tausend Metern war es außerhalb des Tauchboots eisig kalt. Nur sechs Grad waren von den warmen fast dreißig Grad an der Oberfläche übrig. Die Sicht wurde nun besser.

Ganz so tief hatte der Sturm das Meer also nicht umgewühlt.

„Ich habe ihr gesagt", fuhr Kimi fort, „das ist totaler Quatsch. Dieses Video mit dem Taucher, ja, das gibt es. Unsere Satelliten sind gut, aber auch die haben Aussetzer. Es könnten sogar zwei unterschiedliche Männer sein, die aus dem Wasser gestiegen sind. Ich würde meine Hand nicht darauf wetten, ein und denselben Mann nach mehr als drei Stunden aus dem Wasser tauchen zu sehen. Das geht nicht." Sie schüttelte den Kopf. „Es geht einfach nicht. Außerdem gab es dieses Wolkenband, das für drei Minuten durchgezogen ist. Weiß der Kuckuck, was in diesen drei Minuten unterhalb der Wolken und außerhalb der Sichtweite des Satelliten geschehen ist."

Eine Weile bediente Kimi das Tauchboot schweigend. „Die Diamanten sind wirklich besonders. Eine Sachverständige, die ich nicht persönlich kenne, hat das mit einem Blick erkannt. Es gibt auf der ganzen Welt keine vergleichbaren Steine. Die kommen mit Sicherheit ganz tief aus der Erde. Nicht ein paar läppische Kilometer tief, sondern richtig, richtig tief." Sie machte eine Geste mit beiden Händen, als würde sie eine Last vom Boden aufheben. „Ich glaube kein Wort von Katthas Theorie, Leute Ihres Volkes könnten auf den Grund der Lagune tauchen und die Steine dort aufsammeln. Ich meine, Diamanten kommen nicht geschliffen in die Welt. Rohdiamanten sind unscheinbar und man hat keine Ahnung von dem Glanz, den sie nach dem Schliff haben können." Sie tippte sich an den Kopf. „Katthas Spinnerei ist das, die Ausgeburt eines verkorksten Gehirns. Ich sage, Diamanten gelangen bei Vulkanausbrüchen an die

Erdoberfläche. Wenn diese Diamanten tatsächlich von hier stammen, von dieser Insel, dann hat der Vulkan sie vor vielen Jahrtausenden ausgespuckt und Ihr Volk sie gefunden. Wahrscheinlich in den Bergen ringsum, die vom Vulkankegel übrig sind. Na und? Es ist nicht verwerflich, die Bodenschätze seines Lebensraums zu veräußern. Alle Länder machen das. Gold, Öl, Gas, alles wird verscherbelt. Kupfer, seltene Erden, andere Edelsteine. Warum soll diese kleine Insel nicht ein paar Diamanten verkaufen? Oder ein paar mehr Diamanten? Wenn die Motu in der geologischen Lotterie Glück hatten, ist das prima." Sie zögerte kurz. „Gut, ich bin ein bisschen neidisch auf die Crew, die zehn Mio pro Kopf bekommen haben soll. Haben *soll*. Ich habe keinen Kontoauszug gesehen, auf dem die zehn Mio gedruckt sind, schwarz auf weiß. Auf einem kleinen Schiff wird in dieser Hinsicht genauso viel gemunkelt wie in jedem Dorf."

Kimi streckte den Arm und zeigte direkt an Palu vorbei in die Dunkelheit. „Dort taucht etwas. Sehen Sie?" Sie richtete den Scheinwerfer auf die entsprechende Stelle. Es war ein Oktopus, der irritiert vom plötzlichen Licht die Schwimmrichtung sofort änderte.

„Eintrag ins Logbuch", diktierte Kimi. „Oktopus auf achtzehnhundert." Ein Lämpchen leuchtete auf, während sie sprach. Als es verlosch, setzte Kimi zu einer Erklärung an: „Das Logbuch funktioniert mit Sprachsteuerung. Leider kenne ich mich mit Tiefseetieren nicht gut aus, sonst hätte ich diktieren können, welche Art von Oktopus es war. Vielleicht können das die Leute auf der Yacht später nachholen. Der Tauchgang wird gefilmt, wir haben Bildmaterial von dem

Oktopus. Vielleicht ist es eine neue Art, aber die wird eher nicht nach Ihnen oder mir benannt."

Palu wusste nicht, welcher Oktopus genau es war. Sie spürte ein Kribbeln in der Brust, einen leichten Druck. Unwillkürlich schaute sie sich nach dem Delfin um. Es war genau dieses Gefühl, das Delfine bei ihr auslösten. Sie spürte ihre Anwesenheit durch ein leichtes Druckgefühl im Brustbereich.

„In Zeiten des Klimawandels", plauderte Kimi weiter, „findet Kattha den Gedanken äußerst interessant, es könnte Menschen geben, die derart tief und lange tauchen können. Wer weiß? Falls die Erde absäuft und es überall Wasser gibt, wäre eine solche Art von Mensch tatsächlich im Vorteil. Kattha glaubt, in einigen Generationen würden alle Menschen unter Wasser leben. Wir bräuchten gar kein Land mehr, würden vielleicht zum Luftholen auftauchen und ansonsten unser ganzes Leben im Wasser verbringen." Kimi schwieg für einen Moment. „Wenn Sie mich fragen, hat sie einen Sprung in der Schüssel. Ich bin froh, wenn ich den Job hier an den Nagel hängen kann. Macht mir keinen Spaß, mit dieser Furie zu arbeiten und ein zweites Mal werde ich mich garantiert nicht anheuern lassen."

Die Zahlen der digitalen Anzeige kletterten weiter. Mittlerweile waren sie mehr als viertausend Meter tief in der Lagune. Es ging geradeaus nach unten, keine Kurven, kein Schlingerkurs. Einfach nach unten.

„Kattha hat Evolutionstheorie studiert", fuhr Kimi schließlich fort. „Sie hätte besser Ethik studieren sollen, wie sie mit den Leuten umgeht…" Ein langes Kopfschütteln folgte. „Ich habe mir Notizen gemacht und das Filmmaterial der

Menschenversuche gesichert. Sobald ich zurück in der Zivilisation bin, werde ich Kattha hinhängen. Es ist nicht okay, kleine Kinder ins Wasser zu werfen oder Menschen zu erschießen, die bei einem Experiment nicht das Versuchskaninchen sein möchten."

Im Augenwinkel sah Kattha etwas im Halbdunkel zucken, das sie an Elba erinnerte. Sie wartete einen Moment lang, ob Kimi den Scheinwerfer ausrichten würde, um besser zu sehen, aber Kimi guckte in die andere Richtung. „Diese Frau ist verrückt und geisteskrank. Sie gehört eingesperrt."

Als sie den Grund der Lagune erreichten, hatte Kimi noch weitere Beispiele aufgezählt, warum sie an Katthas Geisteszustand zweifelte. Die toten Kinder und Frauen, die erschossenen Geiseln. „Es ist diese Kaltblütigkeit, mit der sie über Leichen geht. Passen Sie auf, damit Sie nicht auch unter die Räder kommen." Sie drückte Knöpfe und rangierte das Tauchboot mit dem Joystick. „Meine Güte, hier unten ist ja vor lauter Zeug im Wasser gar nichts zu sehen. Keinen Meter weit kann man gucken."

Nachdem sie mit zunehmender Tiefe immer bessere Rundumsicht genossen hatten, war Kimi erstaunt, nun auf eine Schicht zu treffen, in der die Sichtweite bei nicht einmal einem Meter lag. Dicke Schwaden waberten um das Tauchboot und ließen die Motoren kratzen.

„Vielleicht", überlegte Kimi, „bin ich zu tief runter und habe mit den Schrauben Sediment aufgewirbelt. Meine Güte, Kattha wird furchtbar schimpfen. Wir werden erst morgen oder übermorgen einen neuen Versuch unternehmen können. Morgen. Übermorgen bin ich längst weg." Sie seufzte und übernahm die Steuerung eines Greifarmes. „Nehmen wir wenigstens Proben vom Boden. Aufgewirbelt ist eh schon."

Palu beobachtete, wie der Roboterarm einen Kasten aus Plexiglas vor dem Tauchboot auf den Boden setzte und in einer kratzenden Bewegung Sediment einsammelte. Sie hoffte, es waren keine Diamanten dabei.

„Wir nehmen auch eine Wasserprobe", entschied Kimi. „Manche Stoffe weisen auf Diamanten hin, das hat Kattha mir erklärt. Sie sucht nach ganz bestimmten Elementen. Ich habe vergessen, wie die heißen. Das wird die Frau im Labor auf der Yacht wissen, sie scheint gut in ihrem Job zu sein."

Einige weitere Behälter wurden gefüllt. Kimi fand einen faustgroßen dunklen Stein, den sie ebenfalls mitnahm, und durch puren Zufall das leere Haus einer Schnecke.

„Mit solchen Schneckenhäusern", sagte Kimi, „ist bis in die Mitte des letzten Jahrhunderts in der Südsee bezahlt worden. Das war ein offizielles Zahlungsmittel. Heute werden diese Schneckenhäuser an Touristen verkauft, aber die Schnecken sind fast ausgestorben; es gibt kaum mehr welche."

Manchmal wurden solche Schneckenhäuser an den Strand gespült und die Kinder spielten damit. Palu erinnerte sich, wie sie als Mädchen nach Einsiedlerkrebsen getaucht hatte und die Tiere zum Umzug in ihr Schneckenhaus bringen wollte. Dabei hatte ein Krebs sie in den Finger gezwickt, der partout nicht umziehen wollte und seinen Widerwillen deutlich kundtat.

„Der Druck liegt bei fast tausend bar", sagte Kimi. „Das hält kein menschlicher Körper aus. Es bräuchte extrem biegsame und kräftige Rippen und innere Organe, denen es nichts ausmacht gestaucht zu werden. Der Schädelknochen müsste doppelt so dick wie gewöhnlich oder von vollkommen anderer Struktur sein, um nicht zerquetscht zu werden. Kattha ist völlig verrückt, wenn sie anderes annimmt. Ein bisschen logisches Nachdenken würde reichen, dann käme sie von selbst auf die Unsinnigkeit ihrer Idee." Murmelnd fügte sie hinzu: „Leider hat sie es nicht so mit dem logischen Nachdenken."

Nach einer Weile begann Kimi mit dem Aufstieg. „Die Motoren pressen das Wasser aus den Ballasttanks. Druckluft wird reingepustet. Dadurch gewinnen wir Auftrieb und steigen." Sie lächelte Palu zu. „Mögen Sie die Tiefsee? Es ist erstaunlich leer und gleichzeitig erstaunlich voll hier unten." Dieser Widerspruch verlangte nach einer Erklärung, die sie sogleich lieferte: „Einerseits sieht man kaum Lebewesen in dieser Tiefe. Alles scheint schwarz und dunkel. Wenn man genau hinschaut, sieht man in jeder Staubwolke Plankton und kleine Fischchen und Krebschen. Man erkennt Algen, die durchs Meer reisen, einem unbekannten Ziel entgegen. Man entdeckt größere Fische, Wirbellose, Haie. Wale und Delfine auch. Naja, hier in der Lagune werden wir keine großen Lebewesen finden. Die bekommen hier nicht genug zu fressen."

Als Palu das Gefühl bekam, endlich wieder Licht zu erkennen, war das Tauchboot auf achthundert Meter gestiegen. Kurze Zeit später entdeckte Kimi Fledermausfische, die im Halbdunkel dösten.

„Morgen", sagte Kimi, „will Kattha Ihre Leute in der Lagune tauchen lassen. Sie wird Geiseln nehmen." Ihr Seitenblick streifte Palu. „Das wird kein angenehmer Tag für Sie und Ihre Leute. Sie wissen ja, wie wenig Skrupel Kattha hat. Sie wird Kinder als Geisel nehmen und einen Mann zum Tauchen zwingen. Weil sie mit den Müttern keinen Erfolg hatte, sind nun die Väter dran. Es gibt nicht viele Männer auf Motu, das habe ich schon festgestellt, aber Kattha wird sich einen rauspicken und ihn tauchen lassen." Nachdem sie kurz Luft geholt hatte, äffte sie Katthas geifernde Stimme nach: „Tiefer! Tiefer! Tiefer!"

Als das Tauchboot die Wasseroberfläche durchstieß, saß Elba am Rand der Lagune. Er hatte die Beine im Wasser und schien gelassen vor sich hin zu plätschern.

„Der da", zeigte Kimi mit einem Nicken durch die Plexiglaskuppel, „der würde Kattha gefallen. Er hat die Statur von dem Mann in ihrem Video. Himmel, wenn es nur einen Weg gäbe, ihr diese fixe Idee auszutreiben. Sie ist wahnsinnig und kaltblütig, aber wie so oft, will der Verrückte selbst das nicht wahrhaben. Verrückt sind immer die anderen."

Kapitel 10

Ringsum hellblaues Wasser, das nach wenigen Metern in tiefes Blau überging. Bis nach Pohnpei, der nächsten bewohnten Insel, war es eine Tagesfahrt mit dem Boot. Die übernächste unbewohnte Insel lag sogar weiter entfernt.

„Es ist das Unwetter", ließ Filopi wissen. Nach stundenlangem Ritt in dem winzigen Beiboot über steile Wellen hatten die Crew und er es nach Pohnpei geschafft. Er hatte sein Smartphone dabei, in dessen Hülle steckten eine Kreditkarte und ein paar Dollar in bar. „Ein gewaltiger Taifun überquert den Ozean, da ist nichts zu machen. Die verbarrikadieren hier ihre Häuser und bringen die Boote in Sicherheit. Alles, was nicht niet- und nagelfest ist, wird weggeräumt. Ich finde niemanden, der mir ein Boot vermietet oder verkauft." Seine Stimme klang müde und sehr traurig. „Selbst wenn ich den Preis verdopple und anbiete das Boot zu kaufen, will keiner zustimmen. Die haben hier nicht einmal die Zeit, um über mein Angebot nachzudenken, so nahe ist der Taifun. Ein Wasserflugzeug ist abgestürzt, deshalb beiße ich auch da auf Granit."

Palu hörte seine Worte durch das Telefon. Das Knacken und Knistern kam von der Satellitenverbindung, die von Minute zu Minute schlechter wurde. Der Sturm brachte Gewitter mit sich, fürchterliche Gewitter und die störten den Empfang am Erdboden.

„Palu", fuhr Filopi fort, „sobald das Auge des Taifuns über uns ist, werde ich es nochmal versuchen. Es gibt immer Leute, die denken, der Sturm wäre vorbei. Ich werde ein Boot bekommen und losfahren."

„Das ist gefährlich", wandte Palu ein. „Das Auge ist binnen weniger Stunden vorüber und der Sturm bricht erneut los. Es ist leichtsinnig, sich bei derart offenen Gefahren aufs offene Meer zu wagen. Tu das nicht."

„Ich habe mir die Aufzeichnungen angeschaut", erklärte Filopi. „Der Sturm hat Kurs Südsüdwest. Wenn ich losfahre, sobald das Auge uns erreicht, kann ich eine ganze Weile mit dem Auge fahren. Bis der Sturm mich überholt, müsste ich es zu euch schaffen. Ich habe es durchgerechnet."

„Taifune lassen sich nicht berechnen, hat dir deine Mutter das nicht von klein auf beigebracht?", widersprach Palu.

„Meine Mutter hatte weder Satellitenbilder noch schnelle Boote", sagte Filopi. „Ich werde es schaffen, Palu. Den Sturm überwinde ich, weil Kattha schlimmer ist als der Sturm. Das mit mir, das war der Anfang. Die wird uns alle auslöschen, wenn wir nichts dagegen tun."

Seit er diese Worte gesprochen hatte, war so unendlich viel geschehen. Nichts war mehr wie zuvor, nicht einmal die Sonne schien mehr wie früher auf Motu. Palu konnte die Tränen nur mühsam zurückhalten. Sie war froh um die knacksende schlechte Telefonverbindung, sonst hätte Filopi sofort geahnt, wie sehr seine Hilfe zu spät war.

„Palu?", fragte Filopi laut rufend. Im Hintergrund war das Tosen des Sturms zu hören, der Pohnpei erreicht hatte. Der Taifun schob sich vorwärts. „Bist du noch dran?"

„Ja", antwortete Palu. „Der Taifun ist fürchterlich. Das Meer zurrt die Wellen zusammen, sie sehen aus wie Zähne."

„Macht alles dicht und verkriecht euch", sagte Filopi. „Ich

komme euch so schnell wie möglich zu Hilfe. Ich bringe die Polizei mit, den Zoll oder sonst wen. Eine Truppe Blauhelme hat Zwischenstation gemacht, vielleicht können die uns helfen."

„Okay", hauchte Palu mit schwacher Stimme und drückte das Gespräch weg, aber lange hätte die Verbindung eh nicht mehr gehalten. Filopi war zuletzt nur bruchstückhaft zu verstehen, ein abgehaktes Reden voller Lücken und Unterbrechungen. Alles war verbrannt. Der Funke, an den Palu sich erinnern konnte, der im vom Blitz gespaltenen Baumstamm Nahrung gefunden hatte, war zu einem Feuer geworden, das die Insel verzehrte. Die Lagune lag friedlich da, dem Meer war die Feuersbrunst nicht anzusehen, doch von der Insel mit ihren Bäumen, Büschen, Bergen und den Hütten war nichts übrig. Schwarze Kohle überall. Dampfende Glutnester, rauchende Reste des Brandes. In der Luft lag fürchterlicher beißender Gestank, der trotz des heftigen Taifuns nicht weichen wollte. Als Palu über den mit schwarzer Asche versetzten Weg zur Lagune zurückkam, entdeckte sie knapp unter der Wasseroberfläche Marias lebloses Körper. Sie fasste die rundliche Frau unter der Achsel und wollte sie ans Ufer ziehen, aber Maria war zu schwer. Sie schaffte es nicht, die Leiche über die Kante der Lagune zu ziehen. Sie musste Maria loslassen, damit das Meer entschied, wie es mit der Leiche weitergehen sollte.

Selbst die größten und stärksten Palmen die Berghänge hinauf waren verschwunden, nur hie und da ragte ein verkohlter Stumpf aus der dampfenden Erde. Nass und erschöpft richtete Palu sich auf. Sie machte die ersten müden

Schritte. Hier an der Lagune brauchte sie nicht auf Filopi zu warten. Sie joggte über die Insel, um vielleicht etwas zu entdecken, das nicht Opfer der Flammen geworden war. Vielleicht hatte jemand überlebt, eines der Kinder womöglich, das sich verkrochen hatte. Sie guckte in die Felsnischen, in denen sie sich als Kind gern versteckt hatte. Dort konnten die Flammen nicht hingelangen, dort war ein Überleben möglich, sofern der Wind den Qualm und Rauch und Ruß nicht in die Nische blies. Leider entdeckte sie niemanden. Kein Kind hatte sich gerettet. Palu durchsuchte die Reste der verbrannten Obstgärten und den Solarpark, der nicht mehr zu gebrauchen war.

In den Hütten, den Hütten, die so lange dem Wetter standhalten konnten, fand sie tote Menschen. Nicht nur die alte Kmai, die durch Katthas Hand gestorben war, sondern viele andere, die gegen die Flammen nichts hatten ausrichten können. Wo war der tropische Regen, wenn man ihn brauchte? Wo waren die Sturzfluten an Regen, die alles hinwegschwemmten? Sie hätten die Flammen bändigen können. Hätten.

Palu setzte sich am Strand in den Sand. Sie hielt das Smartphone in der Hand und tippte eine Nachricht an Donatella und Kiku. „Kommt nicht zurück nach Motu", schrieb sie. „Hier ist alles zerstört. Die Insel ist durch ein Feuer völlig vernichtet und alle sind tot außer Filopi und mir. Ich melde mich, sobald wir in Pohnpei angekommen sind."
Allerdings würden Donatella und Kiku anrufen, sobald sie diese Nachricht lasen. Dem geschriebenen Wort traute man nicht gerne, da brauchte es eine Stimme, aus der man

heraushörte, wie schlimm es stand. Sie würden wissen wollen, was genau passiert war, fragten nach Verwandten und Freunden und den genauen Ereignissen. Das passte nicht in eine Textnachricht.

Es gab keine Worte dafür. Palu wollte sich welche zurechtlegen, doch jedes Wort war falsch. Sie fand keine Phrasen, keine Redewendungen. Unendliche Bestürzung. Fürchterliches Geschehen. Sie war vom Schreck überwältigt, von der Trauer gezeichnet und dieser tiefen Verzweiflung würden die Worte entspringen, wenn der Anruf kam.

Die Yacht, diese verdammte Yacht, dümpelte unbeteiligt und unbehelligt auf dem Meer. Der Steg aus grellen Pontons waberte auf und ab. Immer wieder schlug eine Welle, die sich nach dem Unwetter noch nicht beruhigt hatte, darüber hinweg. Warum waren die Motu nicht auf die Yacht geflohen? Warum hatte niemand seine Abscheu überwinden und sich dort in Sicherheit bringen können? Versperrte ihnen das Feuer den Weg dorthin?

Schließlich entdeckte sie auf der Yacht eine Frau. Sie schaute erst zu Palu herüber, zögernd. Sie rief etwas, das Palu nicht verstehen konnte. Sie zuckte die Schultern. Nach weiteren erfolglosen Versuchen ließ die Frau eine Strickleiter über die Reling hängen, kam herüber geklettert und tappte in kleinen Schritten den Steg entlang. Sie trug eine dunkelbraune Bluse und einen knöchellangen Wickelrock aus violetter Baumwolle, den sie mit der linken Hand gerafft nach oben hielt, damit er auf dem Steg nicht nass wurde. Ihre nackten Füße steckten in alten, abgetragenen Flipflops.

Ihr schwarzes Haar war zu einem engen Dutt gesteckt, ihre

dunklen Augen blickten ängstlich über die Insel. „Wo ist Doktor Kattha?", wollte sie wissen. Sie sprach ein schwerfälliges Englisch mit hartem Akzent und war kaum zu verstehen. „Wo sind alle?" Sie trat von einem Bein aufs andere und blickte sich nach der Yacht um. „Es ist mir streng verboten das Schiff zu verlassen. Doktor Kattha wird fürchterlich schimpfen, sie wird mich schrecklich ausschimpfen."

Palu blieb im Sand sitzen. Sie schaute zu der jungen Frau hoch. In den kohlefarbenen Augen stand große Angst. „Hast du das Feuer gesehen?", wollte Palu wissen.

„Es war gewaltig", nickte die Frau. „Die Flammen schlugen bis zum Himmel hoch und alles lag unter einer pechschwarzen Rauchwolke. Obwohl das Schiff weit vor der Insel liegt, habe ich Probleme beim Atmen bekommen." Sie deutete mit den Händen auf die schwarzverbrannten Stummel, die von den einst prächtigen Bäumen übrig waren. „Alles voll Flammen. Eine rotglühende Wand aus Feuer, da war kein Durchkommen. Es hat sich sogar die Berge hinaufgefressen. Ein Baum nach dem anderen fing Feuer und ging kaputt." Sie ließ die Arme sinken. „Doktor Kattha wollte an der Lagune arbeiten. Hat sie dort überlebt? Haben die anderen überlebt?"

Palu schüttelte den Kopf. „Niemand hat überlebt. Außer mir sind alle tot."

„Doktor Kattha tot", flüsterte die Frau. „Die Helferinnen, die Frau, die das Tauchboot fährt. Was ist mit Kimi? Ist Cathay auch tot? Maria? Ist Maria tot?"

Das Tauchboot, erinnerte sich Palu, hatte sie auf dem Grund

des Kraters gesehen. Es steckte mehrere Handbreiten tief im Schlick. Die obere Luke, durch die sie selbst bei der Tauchfahrt mit Kimi eingestiegen war, ragte geöffnet ins Dunkel. Jemand hatte die Luke geöffnet und das Tauchboot mit Wasser volllaufen lassen. Es ging blitzschnell und für Kimi war kein Entkommen möglich. Sie hatte sich zwar vom Sitz hochgerappelt, aber sie war nicht nach draußen gekommen. Als hätte diejenige, die die Luke geöffnet hatte, genau das verhindert. So war sie ertrunken und trieb nun tot auf dem Kratergrund. Das Tauchboot war futsch. Cathay war tot. Sie lag, das hatte Palu auf ihrem Weg durch den Wald gesehen, verbrannt und verkohlt zwischen den Resten der Büsche und Pflanzen. Der Körper war entstellt und unkenntlich, doch Cathay trug eine Silberkette um den Hals und ein Klumpen Silber war auf der Brust der Verbrannten in eine Kuhle gesunken. „Maria fiel ins Wasser", erzählte Palu. „Sie ist ertrunken. Sie konnte ja nicht schwimmen."

Als Palu das erzählte, rollten Tränen über die Wangen der jungen Frau. „Sie war immer freundlich zu mir. Von den anderen bin ich ignoriert worden, solange ich aufgeräumt und geputzt habe, aber Maria hat immer mit mir gesprochen. Manchmal haben wir uns am Abend mit einer Tasse Kaffee unter den Mond gesetzt und ein bisschen geplaudert, um mein Englisch zu verbessern." Sie seufzte. „Ich hatte nicht viel freie Zeit. Alles musste immer blitzblank sauber sein. Hin und wieder durfte ich mit Maria an Deck sitzen und einen Kaffee trinken. Fast wie die anderen Damen." Ihre Augen huschten zwischen der Yacht und der abgebrannten Insel hin und her. „Was nun? Was wird nun? Wie komme ich nach Hause? Ich kann das Schiff nicht fahren."

Palu griff nach ihrer Hand und erwischte, weil sie tief unten im Sand saß, bloß die Fingerspitzen. „Mach dir keine Sorgen. Wenn mein Freund Filopi kommt, nehmen wir dich mit nach Pohnpei. Von dort kannst du nach Hause oder wohin auch immer du möchtest."

„Mein Geld", fiel der Frau ein und sie begann zu jammern und zu klagen. „Jetzt bekomme ich gar kein Geld für meine Arbeit. Doktor Kattha ist tot und Tote bezahlen keinen Lohn. All der Ärger und der Kummer waren vergebens. All die Schläge habe ich vergebens eingesteckt. Ach, meine Mutter, meine arme Mutter wird schelten und mich ausschimpfen, wenn ich gar nichts nach Hause bringe."

„Wo bist du zu Hause?", wollte Palu wissen.

„Auf Aitutaki."

Palu nickte verständnisvoll. Eine Insel, auf der das Leben langsam und gemütlich lief. Kaum Autos, wenige Häuser und falls man Arbeit hatte, machte man irgendwas mit Touristen. Tourismus oder Selbstversorger, mehr Möglichkeiten hatte man nicht auf Aitutaki.

„Weißt du was?" Palu machte einen tiefen Atemzug und stemmte sich aus dem Sand hoch. „Wenn du mir dabei hilfst, diese Yacht zu versenken, werde ich dir Geld geben, sobald sich unsere Wege in Pohnpei trennen. Das kannst du deiner Mutter bringen." Sie richtete den Blick nicht hinter sich, wo ihre Heimat abgebrannt war und alle gestorben waren, die sie liebte.

Sie betrat die Yacht wie einen fremden Planeten. Sie sah die Spuren des Lebens von Menschen, die nicht mehr da waren.

In Katthas Kabine lagen Notizen herum und Laptops standen auf den Tischen. Alles war von erlesenem Luxus und sehr teuer und trotzdem hatte dieser Reichtum nur Verderben gebracht. Nachrichten von Madame Georgeone lagen auf einem Tischchen. Sie wunderte sich, wo der sonst so pünktlich abgelieferte Bericht blieb?

Unten im Bauch des Schiffes, wo die Maschinen untergebracht waren, gab es Werkzeuge und andere nützliche Dinge. Mit einer Axt begann Palu auf den Fußboden einzuhämmern, aber sie sah schnell die Sinnlosigkeit ein. Mit einer Axt war dem Stahlbauch nicht beizukommen.

Sie öffneten die länglichen Fenster der Kabinen und Räume. Mit einer Pumpe, die im Notfall Wasser aus dem Schiff pumpen sollte, begannen sie Wasser in das Boot zu holen. Laut surrend lief der Motor, während das Meer sich auf dem Fußboden verteilte. Bald standen Palu und die Frau, deren Namen sie nicht erfragt hatte, knöcheltief im Wasser. „Lass uns an Land gehen und abwarten. Die Yacht läuft von allein voll."

Als die Wasserlinie die offenen Fenster erreichte, brauchte es kein weiteres Pumpen. Binnen weniger Minuten ging die Yacht unter und die Pontons, die Palu und die Frau auf dem Rückweg zur Insel voneinander gelöst hatten, begannen sich mit den Wellen und den Strömungen im Ozean zu verteilen. Vielleicht wurden sie irgendwann an Land geschwemmt, vielleicht gingen sie unter oder jemand, der sie entdeckte, wunderte sich darüber.

Schließlich saß sie mit der Frau im Sand und blickte dem Horizont entgegen. Die Pontons verteilten sich über dem

Meer wie die Schatten einer dumpfen Erinnerung. Aus der versenkten Yacht stiegen Luftblasen in einem Strom, der kein Ende nehmen wollte. Beinahe wirkte Motu so friedlich wie vor einigen Tagen, ehe Kattha angelandet war. Über den Wellenkämmen war hauchdünn die Rauchwolke eines altersschwachen Diesels zu entdecken. Natürlich konnte sie sich darauf verlassen, was Filopi ihr versprochen hatte. Als er durch das seichte Wasser auf sie zukam, nachdem er den baufälligen Kahn am Riff festgemacht hatte, schüttelte er pausenlos den Kopf. „Hier ist alles zerstört." Seine heisere Stimme brachte die Worte nur abgehakt hervor. „Alles verbrannt und vernichtet. Die Yacht liegt viele Meter tief unter dem Wasser, es stinkt wie Hölle und die Vögel hört und sieht man gar nicht mehr. Seid ihr die einzigen, die am Leben sind? Was ist passiert? Wie hat es so schlimm kommen können?" Fassungslos stand er mit hängenden Armen da und wartete auf eine Erklärung. Palu musste sich erinnern.

Kapitel 11

Kaum war Kimi mit dem Tauchboot zurück an der Yacht, entschied Kattha, ihre Versuche noch an diesem Tag fortzuführen.

„Morgen, morgen, nur nicht heute, sagen alle faulen Leute", war die Erklärung, die sie dafür lieferte. „Wir machen heute weiter. Heute. Ich will Ergebnisse haben. Außerdem wird das verdammte Tauchboot in der Nacht abgeholt. Die Kanadier wollen ihre Pläne auf keinen Fall verschieben, egal wie schlecht das Wetter bei uns ist." Dabei stampfte sie mit dem Fuß auf und der Absatz ihres Schuhs brach ab. Sie schleuderte die Sandalette ins Meer und warf den intakten Schuh Maria an den Kopf. „Es wird getaucht. Getaucht! Tiefer als je zuvor! Viel, viel tiefer!"

Katthas verzerrtes Gesicht wirkte wie die Fratze eines Dämons. Sie ließ Kimi mit dem Tauchboot zurück in die Lagune steuern, nachdem die Akkus getauscht worden waren. „Und wir", sagte sie zu den Wächterinnen, „wir besorgen uns Versuchsobjekte. Nehmt die Gewehre mit und die Harpunen auch. Wer nicht spurt, wird kaltgemacht."

Kimi hatte keine Lust auf eine weitere Tauchfahrt. „In der Lagune ist die Sicht schlecht", maulte sie. „Die Bodenproben müssen analysiert werden. Ich fürchte, wir haben keine Diamanten gefunden. In dem Krater gibt es keine wertvollen Steine, nur Staub, Schlamm und Dreck."

„Tun Sie gefälligst, was ich sage!", brüllte Kattha und Kimi verschwand murrend im Tauchboot. Den langen Weg, den sie von der Lagune hergekommen war, musste sie nun zurückschippern. „Außerdem hält ein Taifun auf die Insel zu. Es werden außergewöhnlich hohe Windgeschwindigkeiten von dreihundert Stundenkilometern erwartet. Das ist der stärkste Sturm, der je aufgezeichnet wurde."

„So ein Quatsch!", tobte Kattha. „Schauen Sie zum Himmel. Strahlend blau und stabil. Dieses Märchen vom Taifun hat sich jemand ausgedacht und Sie dumme Kuh fallen bereitwillig darauf herein. Sie suchen nur einen Vorwand, um nicht arbeiten zu müssen."

Maria reichte Kattha das Tablet. „Es hat sich tatsächlich ein großer Taifun gebildet, wie Sie auf diesem Satellitenbild sehen können. Es ist zehn Minuten alt, wir haben es gerade eben von der NASA erhalten."

„Fake!" Kattha schlug Maria das Tablet aus der Hand und schaute zu, wie es im Meer versank. „Holen Sie ein neues Tablet und helfen Sie die nötige Ausrüstung zur Lagune zu tragen."

Obwohl sie nicht wollten und vom aufziehenden Taifun beunruhigt waren, mussten die drei Helferinnen und Cathay zahlreiche Sensoren, Messgeräte, Funkausrüstung und viele Kisten mit weiteren Gegenständen an Land schleppen. Während die Gruppe das Equipment aufbaute, zwang Kattha die Dorfbewohner mit vorgehaltener Waffe zur Lagune. Dabei gab es die ersten Toten, denn die älteste Frau des Dorfes, fast hundert Jahre alt und blind, wollte nicht mitkommen. „Ich bin zu alt, um meine gebrechlichen Knochen bis zur Lagune zu quälen. Ich schaffe es jeden Morgen kaum aus meiner Hütte, weil alle Knochen und Gelenke ihren Dienst längst eingestellt haben."

Kattha presste ihr den Lauf des Revolvers an die Schläfe und betätigte den Abzug. Die alte Kmai blieb sekundenlang sitzen, obwohl ein Teil ihres Kopfes wie ein Frisbee davongeflogen war. Erst langsam sackte sie zur Seite und schließlich kippte ihr Körper auf die Blutlache, die sich unter ihr im Sand gebildet hatte.

Kmais Tochter, die selbst eine Frau Ende siebzig war, stürzte sich mit einem Knüppel auf Kattha. Sie verpasste der Forscherin einen heftigen Schlag gegen den Hinterkopf, der sie zu Boden streckte. Im Fallen berappelte sich Kattha und richtete die Waffe auf Kmais Tochter. Ein weiterer Schuss und eine weitere Tote waren die Folge.

Zwangsläufig entstand großes Chaos. Verwandte und Freunde der beiden Toten schrien und tobten und versuchten Hand an Kattha zu legen. Der Knüppel sauste in den Knäuel aus menschlichen Gliedern und erwischte mal hier und mal dort ein Opfer. Gleichzeitig schrien Palu und Anak nach Ruhe und Ordnung und versuchten die ineinander verkeilten Körper zu lösen. Dabei kassierte Anak einen Tritt, der ihn nach Luft japsend zu Boden gehen ließ. Er krümmte sich vor Schmerz und hielt sich den Bauch, während er nach Atem rang und keine Luft bekommen konnte.

Der Revolver knallte mehrere Male, bis die leere Trommel nur noch klickte. Endlich gelang es Palu, Faha aus dem Gewirr zu ziehen. Das Durcheinander an Armen und Beinen entwirrte sich. Müde, erschöpft und meistens verletzt lagen oder saßen die Motu schließlich im Sand und kämpften um Selbstbeherrschung oder rangen nach Atem. Sie hielten blutende Köpfe und schmerzende Glieder und litten unter ihrem verletzten Stolz.

Kattha sah fürchterlich aus. Sie war ohne Zweifel ganz unten im Knödel gelegen und entsprechend zerrissen und zerfetzt war ihre Kleidung. Die weiße Bluse hing in Streifen an ihren Schultern, darunter waren Hautabschürfungen und Kratzwunden zu sehen. Richtig schlimm hatte es ihren Kopf erwischt. Am Hinterkopf klaffte eine Platzwunde, in die durch die Rangelei Sand geraten war. Das blonde Haar hing blutverschmiert an ihr herab, zerzaust und verzottelt wie bei einem Straßenköter. Sie fasste sich an die offene Wunde und betrachtete das Blut an ihrer Hand. „Dafür werdet ihr alle büßen."

Das war bestimmt keine leere Drohung. Trotzdem musste Palu Faha zurückhalten, denn sie wollte sich sofort wieder auf Kattha stürzen. Mit wild fuchtelnden Armen und strampelnden Beinen brüllte sie: „Ich schlitze dir die Kehle auf!"

Stattdessen kassierte Faha einen heftigen Schlag mit dem Griff des Revolvers, der sie erstmal in eine tiefe Bewusstlosigkeit schickte. Wenn es ums Zuschlagen ging, so viel war sicher, zauderte Kattha deutlich weniger. Ihre Schläge zeigten Wirkung, wohingegen die Schläge der Motu bloß für Wunden, nicht für Bewusstlosigkeit sorgten.

„Ihr anderen", befahl Kattha, „die ihr stehen könnt, ab zur Lagune. Ich will meine Ergebnisse und ich will sie heute. Keine Ausreden, kein Rumgeeiere. Es wird getaucht, es werden Steine geholt, ich werde alle Daten sammeln und wenn ich schlafen gehe, werde ich die reichste Frau der Welt sein." Sie machte sich auf den Weg zur Lagune, nachdem sie ihren Revolver nachgeladen hatte. „Ihr werdet mich nicht mehr an der Nase herumführen, verdammte Inselaffen."

Die Stimmung an der Lagune war mit dem Wetter vergleichbar. Es lag eine Anspannung in der Luft, die jeden Moment in einen großen Knall münden konnte. Palu versuchte an die Vernunft ihrer Leute zu appellieren: „Wenn wir nicht nacheinander sterben wollen, müssen wir tun, was sie sagt. Wir müssen kooperieren, damit sie bald wieder verschwindet."

„Sie ist böse", warnte Anak, der mühsam gebückt neben Palu wankte. „Wir müssen ihr den Schädel einschlagen und ihre Überreste zur Abschreckung mit der Yacht nach Pohnpei schicken. Niemand soll mehr auf unsere Insel kommen. Niemand sollte jemals wieder auf die Idee kommen uns besuchen zu wollen."

Über der Insel war der Himmel von einem hellen Blau, das sich – wie die Erfahrung zeigte – bald in ein übles Grau verschieben würde. Die Inselleute knirschten mit den Zähnen und grummelten und murrten verhalten vor sich hin. Sie hielten ruhig, gezwungenermaßen.

Von Osten kommend waren die ersten Ausläufer des Taifuns zu erkennen. Grellweiße Wolken mit dunkelweißem Hintergrund. Schnelle Bewegungen am Himmel führten zu heftiger Reibung und stetig steigender Spannung.

Ebenfalls von Osten wurden die Inselleute zur Lagune getrieben. Mit den Harpunen und Gewehren zwangen die Wächterinnen sie in eine enge Gruppe. Ellbogen stießen aneinander, Schultern rempelten, Kinder stolperten. Die Reibung verursachte auch hier große Spannungen.

Zuerst dachte Palu, es würde friedlich ablaufen. Elba gehörte zur ersten Gruppe der Tauchenden. Er war mit Sensoren an der Brust versehen und jemand hatte ihm eine Badekappe mit einer Kamera über das schwarze Haar gezogen. Er sah aus wie ein Wasserballspieler.

Niemand konnte sich davor drücken zu tauchen. Kattha ließ alle Inselbewohner mit Kameras und Sensoren ausstatten. Im Abstand von zehn Minuten schickte sie die Leute ins Wasser. „Tauchen", befahl sie. „So lange und so tief wie möglich. Immer tiefer, tiefer." Sie bekam einen Kühlakku von Maria gereicht, den sie sich hinten auf die Platzwunde drückte. „Ich werde beweisen, was wir alle längst wissen. Ihr seid die nächste Stufe der menschlichen Evolution. Ihr werdet überleben, wenn der Klimawandel unsere Städte absaufen lässt, weil ihr im Meer leben könnt. Euch werden Schwimmhäute und vielleicht auch Kiemen wachsen." Sie schleuderte den Kühlakku unwirsch zur Seite und knuffte Maria in den Bauch. „Lassen Sie die Finger von meinem Kopf. Ich werde mich später um die Wunde kümmern."

„Die muss gespült werden", riet Palu, obwohl sie sich nicht dazu verpflichtet fühlte zu helfen. „Der Sand und die Fremdkörper müssen entfernt werden, sonst droht eine Infektion."

Kattha schnaubte böse. „Ihr wolltet mir den Schädel einschlagen, was kümmert mich da eine Infektion, die mich vielleicht in ein paar Tagen ereilt?" Kattha wedelte mit der Hand. „Die da, die Frau mit dem braunen Wickelrock, sie ist in der nächsten Gruppe dabei. Sie hat mir diese verdammten Kopfschmerzen verpasst."

Am Ausgang der Lagune wollte Kattha eine Wächterin postieren, die auf alles schießen sollte, was die Lagune schwimmend verlassen wollte. Allerdings hatte Kattha kein Personal, seitdem die Kapitänin und die angeheuerte Crew das Weite gesucht hatten. Cathay und drei Frauen gab es und keine schien besonders motiviert. Schließlich wurde eine der Frauen dazu abkommandiert, sich an den Eingang zur Lagune zu stellen. Sie grummelte und trollte sich. Bald stand sie im auffrischenden Wind auf dem Felsen wie ein Dekostück, nicht wie jemand, der für Ordnung sorgte. „Ganz schön windig hier oben", stellte sie fest und meldete es über Funk an Kattha. „Der Wind ist ziemlich heftig. Die Wolken, die überm Meer aufziehen, sehen fürchterlich aus."

„Keine Ausreden", gab Kattha zurück. „Halten Sie die Augen auf das Wasser gerichtet. Meine Versuchsobjekte sollen nicht die Kurve kratzen können. Wenn mir einer von denen entwischt, mache ich Sie persönlich dafür haftbar."

Sie wollten sich keine Mühe geben, das war allen Gesichtern anzusehen. Cathay beobachtete aus den Augenwinkeln den Himmel, der ihr offensichtlich Sorge machte. Die beiden anderen Frauen hielten ihre Waffen auf die Lagune gerichtet, locker in den Händen und die Finger weit vom Abzug entfernt. Palus Freundinnen und Freunde wollten nicht tauchen, sie wollten selbst nicht in die Tiefe und vor allem wollten sie die Kinder nicht im Wasser haben.

„Das Wetter wird schlecht", sagte eine der Mütter. „Ein einziger Blitzschlag kann viele Tote fordern. Gewitter und Wasser sind keine gute Kombination."

Tatsächlich türmten sich dunkle Wolken über der Insel. Ein

Knistern lag in der Luft, ein Knacken, ein Surren. Es erinnerte Palu an den elektrischen Weidezaun, mit dem sie in Bayern unfreiwillig Bekanntschaft gemacht hatte. Damals wusste sie nichts von eingesperrten Kühen auf Weiden, die von einem elektrischen Zaun umgeben waren. Palu dachte, sie könnte den Zaun niederdrücken und die Abkürzung über die Weide nehmen. In der Sekunde, bevor ihre Hand an den Zaun fasste, spürte sie ein Surren und Knistern in ihrem Körper, eine Vorahnung der Elektrizität. Im nächsten Moment tat es einen heftigen Schlag, der Palu rückwärts taumeln ließ. Sie begriff nicht, was mit ihr passiert war, bis ihre Freundin es erklärte.

Seitdem achtete sie bei aufziehendem Gewitter auf das Kribbeln, das von der atmosphärischen Spannung verursacht wurde. Wie eine Gänsehaut krabbelte es über ihre Arme und Beine und brachte die kleinen Härchen zum Sirren.

Es war sinnlos, Kattha auf das Gewitter und den Taifun hinzuweisen. Ihre Augen waren fest auf die Anzeigen gerichtet, die von den Sensoren gefüttert wurden. „Tiefer!", brüllte sie wie von Sinnen. „Tiefer!"

Ein Blitz zackte über den Himmel und schlug in eine Palme ein. Der Stamm spaltete sich der Länge nach, das Holz zerbarst und die Splitter flogen meterweit und bohrten sich durch Blätter und in andere Baumstämme. Unwillkürlich waren viele Motu in die Hocke gegangen und hielten die Arme schützend über den Kopf.

„Niemals gehe ich bei Gewitter ins Wasser", beschloss Faha und schüttelte heftig den Kopf. „Ich bin nicht lebensmüde."

Es kam, wie es unvermeidbar war: Kattha entsicherte ihren Revolver und bedrohte Faha. „Willst du immer noch nicht?"

Ein zweiter Blitz schoss über den Himmel; diesmal erreichte er den Erdboden nicht. Er blieb zwischen den Wolken, dennoch war der Donnerschlag ohrenzerfetzend. Die Kinder begannen zu weinen. Vielleicht hatte der laute Knall sogar das ein oder andere Trommelfell verletzt.

Faha wollte nicht ins Wasser. „Vom Blitz im Wasser getroffen zu werden, ist ein fürchterlicher Tod. Das Herz bleibt stehen, nachdem der Strom mit unvorstellbarer Kraft in den Leib gefahren ist. Man ist tot, aber das Gehirn versteht es noch für einige Momente. So will ich nicht sterben. Lieber habe ich eine Kugel im Kopf! Los, erschießen Sie mich! Los!"

Einige Motu waren ihrer Meinung. Die Blitzeinschläge kamen häufiger und in geringem Abstand. Tatsächlich traf schließlich ein Blitz die Mitte der Lagune. Palu konnte durch das grelle Licht hinweg das spinnennetzartige Muster sehen, in dem der Blitz sich im aufgewühlten Wasser der Lagune ausbreitete. Die Wellen schienen seine Linien voranzutragen und seine Kraft überall im Wasser zu verteilen. Der Abstand zwischen dem Einschlagort und der Stelle, wo Anak und die anderen abgetaucht waren, war nicht groß. Fünfzig Meter, schätzte Palu. Sie wusste nicht, ob Anak und die anderen tief genug waren, um nicht vom Blitzschlag verletzt zu werden.

Sieben tote Motu lagen im Sand vor der Lagune. Die Erklärung, sie hätten lieber eine Kugel im Kopf als den Blitz im Körper, nahm Kattha wörtlich. Fassungslos stand Palu zitternd am ganzen Leib da und sah die Motu sterben. Auf den knallenden Schuss, der trotz des Donnergrollens überdeutlich zu hören war, folgte das dumpfe Aufschlagen des leblosen Körpers in den von der verwirbelten Gischt feuchten Sand. Zu Palus Füßen war der Sand nass von ihren Tränen.

Kattha und die Blitze. Die Blitze und Kattha. Die Zeit verlor an Bedeutung. Palu fühlte sich wie in einem Strudel kreisender Wassermassen, der sie tiefer und tiefer in ein unendliches Schwarz zog. Sie spürte ihren Körper nicht mehr. Sie konnte nicht mehr atmen, so sehr schmerzte das Herz in ihrer Brust. Sie sank weinend auf die Knie, raufte sich die Haare und wollte ohnmächtig werden, um nichts mehr sehen zu müssen. Wenn nur der Schlag sie träfe und sterben ließe! Wenn nur Kattha die Waffe auf sie richten würde.

Selbst als Elba zweihundert Meter Tiefe erreichte und langsam weiter sank, war Kattha nicht zufrieden. „Das geht zu langsam", brüllte sie. „Er gibt sich keine Mühe."

Cathay flüsterte: „Die Sensoren melden zwar das Tauchen, aber vom EKG und EEG kommt keine Rückmeldung. Ich fürchte, er ist tot. Er sinkt leblos ab."

„Tot!", kreischte Kattha. „Wie kann er tot sein! Das verdammte Volk lebt im Wasser, er kann nicht tot sein. So ein hirnverbrannter Quatsch. Tot!"

„Ertrunken?", schlug Cathay mit zitternder Stimme vor. Sie hatte den Kopf zwischen die Schultern gezogen, als erwartete sie jeden Moment einen heftigen Schlag Katthas. Das war nicht unwahrscheinlich, denn Kattha hieb mit dem Griff ihres Revolvers auf Bäume, Sträucher und ihre technischen Geräte ein. Wann immer eine Welle der Wut sich über ihr brach, kassierte etwas oder jemand einen Hieb. Wer dann neben ihr stand, bekam es ab.

Nun schnitt sie eine fürchterlich schaurige Grimasse. „Seit

wann können Fische ertrinken?"

„Auch Fische können sterben, wenn der Blitz ins Wasser einschlägt", wandte Maria ein und dafür musste sie heftige Schläge und Beschimpfungen einstecken. Sie brachte die Hände über den Kopf, um sich zu schützen. An ihren Armen gab es blutunterlaufene Stellen.

„Ich will diese Affen tauchen sehen", brüllte Kattha zornig. „Tauchen! Nicht sterben."

So also fühlte sich der Weltuntergang an. Der Teufel höchstpersönlich schoss ziellos umher und verteilte Kugeln und Prügel an Menschen, Pflanzen und selbst den Sand und die Steine. Der schwarze Himmel schien auf die Erde zu fallen und die Blitze wiesen ihm den Weg.

Palu stützte sich in den Sand. Sie war patschnass von Gischt und Angstschweiß und spürte es nicht. Die Kälte, die sich zwangsläufig einstellte, wenn man nass im Sturm stand, schien nicht zu kommen. Alles war verkehrt an diesem Tag, alles. Sie spürte unter den Fingern, die sich tief in den Sand gegraben hatten, die kalte Glätte eines Steins. Sie nahm ihn in die Faust und klammerte sich daran. Der Stein. Er war so groß wie ihre geballte Hand und hatte einige scharfe Kanten.

Elf, zwölf, dreizehn. So viele tote Motu lagen im Sand, allesamt Opfer der unbändigen Wut Katthas. Palu stemmte sich in die Höhe. Sie stellte sich aufrecht und hoffte inständig, Kattha würde sie erschießen, würde sie denen nachschicken, die sie liebte.

Völlig wahnsinnig geworden stand Kattha nahe an der Felskante, wo das Wasser der Lagune begann. Sie brüllte den Himmel an, er möge Blitz und Donner und Hagel schicken und all jene vernichten, die sich ihrem Willen nicht beugen wollten, alle dahinraffen, die ihren Plänen im Weg standen. Der Wind zauste ihr blondes Haar, das aufgerissene Wasser spritzte gegen ihre Beine und ließ ihre weiße verschmutzte Kleidung an ihrem dürren Körper kleben.

Cathay blickte Palu an. Ihr Blick rutschte vom Gesicht zu dem Stein in Palus Hand und zurück zu den Augen. Sie nickte. Es war kein Kopfschütteln, mit dem sie Palu von ihrem Plan abbringen wollte, sondern ein zustimmendes Nicken. „Schnapp sie dir", schien sie tonlos mit den Lippen zu formen. „Erlöse uns von ihr."

Maria bemerkte Palu ebenfalls. Sie machte kleine Schritte auf Kattha zu und fasste sie am Arm. „Doktor Kattha, diese Frau…"

„Lassen Sie mich in Ruhe!", fiel Kattha ihr ins Wort und gleichzeitig schubste sie Maria ins Wasser. „Ich kann Ihre Gegenwart nicht mehr ertragen, Sie unfähige dumme Kuh!"

Die Wellen schlugen über Maria zusammen. Sie ruderte mit den Armen und brachte sich damit zurück an die Wasseroberfläche. Sie schluckte das Wasser, das die aufgewirbelten Wellen ihr ins Gesicht schwappten. In der nächsten Sekunde, als erneut ein Blitz in die Lagune einschlug, stockten ihre paddelnden Bewegungen mit einem Ruck und sie versank ohne weitere Regung im Wasser.

Hysterisch lachend kreischte Kattha in den Himmel: „Ist das alles, was du vermagst? Wollen mich die Götter mit einem Blitz aufhalten, der das verdammte Wasser trifft?"

Palu glaubte nicht an Götter. Sie rannte los, so schnell ihre geschwächten Beine sie trugen. Mit weit ausgeholtem Arm stürzte sie auf Kattha zu. Sie wollte ihr den Stein ins Gesicht schmettern, ihr das dämonische Lachen austreiben und sie für immer zum Schweigen bringen.

Als sie Kattha erreichte, ließ Palu den Stein fallen. Sie öffnete die Finger und ließ das Stückchen Felsen los, an das sie ihre Hoffnungen geklammert hatte. Sie brauchte beide Hände, um Kattha an den Schultern zu packen. So fest sie konnte, grub sie ihre Finger in Katthas magere Ärmchen und riss sie mit sich ins Wasser.

Augenblicklich verstummte das Tosen des Unwetters. Das gluckernde Quirlen des Wassers war zu hören, das sich über ihren Köpfen zu einer Fläche schloss. Instinktiv schlug Kattha mit den Händen und Armen, um sich aus Palus Griff zu befreien und zurück an die Luft zu kommen.

Unter Wasser fühlte Palu sich überlegen. Sie hielt Kattha fest, deren zappelnde Bewegungen sehr ungerichtet waren. Sie wusste nicht, wie man sich unter Wasser bewegen musste. Arme und Beine strampelten ziellos und die Tritte, die sie austeilte, hatten keine Kraft in sich. Ihr ging die Luft aus, die sie in aufgeblasenen Backen hielt.

Palu ließ sich sinken. Sie hatte alle Luft ausgeatmet, gleich als sie Wasser in ihrem Gesicht spürte. Ihre Augen waren unter Wasser nicht besonders gut, sie konnte Kattha nur verschwommen erkennen. Sie waren vielleicht drei Meter unter der Oberfläche. Über ihnen sah Palu die Blitze zucken. Sie hörte gedämpft die Donnerschläge rollen und sie hörte das Knistern, Knattern und Rauschen des Ozeans.

Fünf Meter tief. In einem großen Schwall entließ Kattha die Luft, die sie in ihren Lungen hatte. Sie schrie etwas, das nicht zu verstehen war. Wahrscheinlich wollte sie losgelassen werden oder sie drohte Palu mit dem Tod.

Der Revolver war nirgends zu sehen. Kattha hatte ihn wohl fallenlassen oder im Wasser verloren. Vielleicht hätte er ihr genutzt, vielleicht konnte eine solche Waffe unter Wasser schießen. Es war egal, denn Katthas letzte Sekunden waren angebrochen.

Palu wendete. Sie hatte nicht länger den Kopf oben und die Füße unten, sondern drehte sich, um nach unten schwimmen zu können. Sie entdeckte auf einem Felsvorsprung eine Taschenlampe, die angeschaltet war, und nahm sie an sich.

Während Kattha versuchte an die Oberfläche zurück zu kommen, zog Palu sie immer tiefer mit sich. Es brauchte nicht viel Kraft dazu. Es genügte, Kattha am Handgelenk festzuhalten. Sie hatte die grausame Frau dicht neben sich, spürte die Wärme ihres Körpers an den Armen und sie hörte die japsenden gedämpften Schreie, die Kattha ausstieß. Ohne Luft vermochte der Mensch keinen Laut von sich zu geben, Katthas Schreie blieben beinahe stumm.

Palu leuchtete nach unten, wo das Wasser schwarz war. Flimmernde Schwebteilchen waren im Kegel zu sehen, die in der Nase kitzelten, wenn man sie hineinbekam. Ein Fisch huschte aufgeschreckt herum. Sie hätte Flossen anziehen sollen wie zum Schnorcheln, dann wäre der Abstieg schneller passiert.

Sie wusste nicht, wie tief genau sie waren. Palu kannte den Weg nach unten und ihr waren die Felsen bekannt, die sie im Schein der Lampe erkennen konnte. Dort wohnte ein Oktopus und dort gerne die Langusten, deren Augen das Licht der

Taschenlampe reflektierten.

Wenig später erkannte Palu Elba. Er trieb mit ausgestreckten Armen im Wasser, taumelte haltlos, die Augen halb geschlossen. Seine Haut wirkte aufgerissen und rau, vielleicht eine Folge des Blitzeinschlags. Am Kopf glaubte Palu Blasen zu erkennen, aber ihr Blick war nicht klar genug für ein eindeutiges Urteil.

Sie drehte Kattha zur Seite, um ihr den toten Freund zu zeigen, und um ihr Daisy im hellblauen Kleid zu zeigen, die mit mehreren Einschusslöchern im Rücken nur wenig unterhalb von Elba trieb. Diese Tiefe war angefüllt mit Toten. Wohin Palu auch leuchtete, überall entdeckte sie eine weiße Hand, einen Arm oder ein Bein und den Menschen, der dazu gehörte. So viele Tote. Palu wollte es Kattha zeigen, sie musste es sehen, damit sie begreifen konnte, wie irrsinnig sie war.

Allerdings hatte Kattha aufgehört sich zu bewegen. Sie zappelte nicht mehr, sie versuchte nicht länger zurück nach oben zu kommen. Ihre blauen Augen stierten, ihr offener Mund war gefüllt mit Meerwasser. Es hatte ihre Lunge geflutet, den Sauerstoff verdrängt und nun war ihr Körper schwer genug, um von ganz allein langsam zu sinken.

Palu hätte sie loslassen können, aber sie wollte Kattha nicht bei ihren Lieben lassen. Sie tauchte tiefer und tiefer und hoffte, die Lampe hatte einen aufgeladenen Akku.

Je weiter sie nach unten kam, desto kälter wurde es. Bald begann Palu zu zittern, denn sie trug nur Shorts und T-Shirt. Das Wasser war eiskalt hier unten, nur etwa sechs Grad, vielleicht sieben. Sie hatte eine Gänsehaut und spürte ihre Zähne klappern, immer heftiger, je tiefer sie kam. Hinunter.

Dem Grund entgegen. Langsam wurde der Schmerz in ihrer Seele von dem kalten Schmerz in ihrem Körper verdrängt.

Dort, wo schwarzes Sediment den Boden bedeckte, klemmte sie Kattha in einem Felsvorsprung fest. Mit kalten Fingern brauchte Palu eine ganze Weile, ehe Kattha feststeckte. Sie musste das Loch mit Steinbrocken auffüllen, damit die Leiche später nicht davontrieb, gerade wenn sich im toten Körper Fäulnisgase bildeten und für Auftrieb sorgten. Minutenlang werkelte Palu, um Kattha dort in der Tiefe zu fixieren. Sie war gerade fertig und beschaute das Ergebnis im Lichtschein, da machte sich eine Krabbe bereits am toten Körper zu schaffen. So war der Lauf der Natur. Was von oben herabfiel, war für die Lebewesen dieser Tiefe wie ein gedeckter Tisch.

Katthas fahles Gesicht starrte aus dem Felsvorsprung ins Dunkel. Die dünnen Arme und Beine klemmten hinter ihrem Körper in der Felsnische. Bald, wenn die Tiefseekreaturen sich um das Fleisch gekümmert hatten, würde hier ein kahler Totenschädel über einem Berg Knochen zu liegen kommen.

Die anderen, dachte Palu, die anderen Toten würden auf der freien Fläche des abgetragenen Kraters eine Ruhe finden. Vielleicht trieb eine Strömung sie ins offene Meer, vielleicht waren es Fischbisse oder Delfinstupse, die die Toten in den Ozean spülten. Wenn nicht, war dieser Krater das Grab der Motu. Das Sediment würde sie einschließen und die Diamanten, die es zweifellos noch zahlreich gab, waren ihre Grabbeigaben.

Als sie zurück nach oben stieg, musste Palu daran denken, was ihre Mutter einmal gesagt hatte: „Motu ist reich, weil es diesen Vulkan gab. Er ist weg, aber durch ihn ist diese Insel und sind wir Motu reich geworden. Seinetwegen gibt es uns. Er war da, bevor es uns gab, und er wird da sein, wenn es uns längst nicht mehr gibt."

Seinetwegen gab es die Motu nicht mehr. Palu war am Leben. Sie spürte zwar durch die Kälte des Wassers ihre Arme und Beine, Finger und Zehen nicht mehr und auch ihr Gesicht war kalt gefroren, doch sie lebte. Filopi lebte ebenfalls, der bestimmt längst mit einem Boot auf dem Weg zu ihr war. Donatella, Kiku und Zarah. So viele andere waren tot.

Als Palus Kopf durchs Wasser stieß, glaubte sie sich in einer anderen Welt. Das Grün der Insel war einem verkohlten Schwarz gewichen. Ein gewaltiges Feuer hatte alles verzehrt und nichts und niemanden verschont. Tote lagen im Sand oder trieben leblos im Wasser der Ewigkeit zu. Nirgends rührte sich eine Stimme, die nach Hilfe rief. Palu war einige Stunden unten gewesen. Es dauerte, die Strecke hinab und wieder herauf zu kommen. In dieser Zeit war ihre Lebenswelt in den Flammen verschwunden. Sie stützte sich auf den felsigen Rand der Lagune und war fassungslos. Alles, was irgendwie brennbar war, hatte das Feuer verzehrt. Es war nichts mehr übrig. Rein gar nichts.

Die Motu, die auf der Welt verteilt lebten, waren oft Teil einer anderen Kultur geworden. Von einer Handvoll Überlebender konnte kein Volk überleben. Die Motu, ihr Volk, gab es nicht mehr.